五朝詩評

高越天撰

中華書局印行

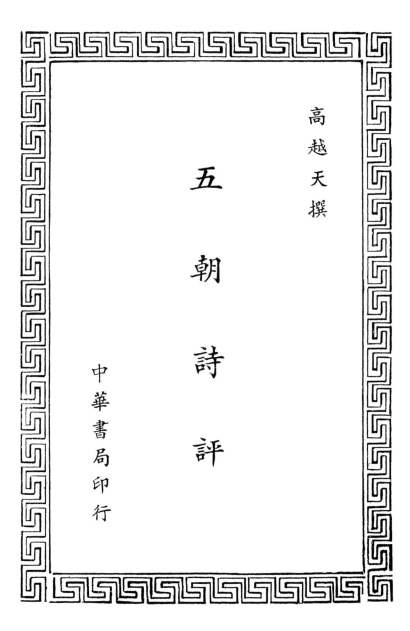

五朝詩評目次

唐詩評

唐詩補評

宋詩評

元詩評

明詩評

清詩評

五朝詩評

浙江蕭山高越天撰

唐詩評

一、唐詩不可率評

詩莫盛於唐，有唐一代三百年中，詩人輩出，名作如林。後人強分之爲初唐、盛唐、中唐、晚唐，類舉大家名家，以代表每一時代之作風。所有箋註評述之作，千餘年來，浩如煙海。吾人生於此世，旁騖多門，讀書不及昔人之多，用功不及昔賢之專，對於唐詩之評述，甚難有新意創見，可以超越往昔。惟鑒於坊間近來盛行惡本，如「金聖歎評唐詩」等，使人讀之有佛頭著糞之感。不禁慨念詩道之靡，匪伊朝夕。爰思以不勦襲人云亦云之決心，略評唐詩。無如力所能及，思所能屬，玆祇能先就已讀常讀，爲大衆所知之各大家名家之詩，先作試評。所有唐後人士，甲乙唐人之著作，則擇評論允洽，夙爲士林所許者，酌予引列，其未爲衆論所孚者，則參以管見。竊冀能於昔人已評之外，稍有一得。至於當否，殊不敢自信也。

二、唐詩之繁富

唐代詩人嘔心瀝血所成之詩篇，不知有若干萬章，其間不傳、失傳，或已傳而佚亡者，不計其數。例如杜甫之詩，半數以上，係大歷以後之詩，李白之詩，則愈後愈少。總計不及千首。二公尚且如此，他人可知。惟就存者言之。則總集與選集，計有下列各種：

河嶽英靈集	殷璠編
中興閒氣集	高仲武編
國秀集	芮挺章編
極元集	姚合編
才調集	韋縠編
唐百家詩選	王安石編
萬首唐人絕句	洪邁編
唐詩鼓吹	元好問編
唐詩品彙	高棅編
唐音	楊士宏編
唐賢三昧集	王士禛編

御選唐詩　清康熙編
全唐詩　清康熙敕編
全唐詩錄　徐倬編
唐僧宏秀集　李龏編

如上各集，可徵繁富。此外尚有多種私家選本，如唐詩三百首；唐人千首絕句，瀛奎律髓等。則係各選所好。而蒐集最多者，則爲全唐詩，共計九百卷，著錄者二千餘人。最多者三十九卷（白居易）。最少者僅存詩一首（褚遂良等）。此一總集，任何愛好詩學之人，恐亦不易悉讀，遑論箋評。

三、一般箋評之得失

詩歌本係富有情感之韻語，源於自然，出自性靈，飾以文藻，調以聲韻。若爲佳什，必然使人感動欣賞，諷吟低徊，久久不能自已。至於鋪敘、編排、選擇字句之使用，則爲高度技巧，其間須天才亦須功力，故吟詩不難，欲成好詩，則難不可言，所謂「其至爾力也，其中非爾力也」。

凡能詩者，因知其中甘苦深淺，遂多好箋評名家之作。有箋註全集者，有選某章某句加以論評者，有作詩話較評得失者。而入選之佳作，膾炙人口之名句，評述稱許者尤多。舉凡各憑己見，臧否褒貶，上下千古，從吾所好之詩評，皆係詩人之自我怡悅，無預他人。故評論不同，見解各異，乃係常事。且彼此不一，更可以多所發明，對於詩道，有功無過。不過評隲之間，當存忠厚，箋註解釋，更須勿誣勿拘。乃後世之評唐詩者，或恭維太甚，或挑剔太嚴。且濫造格式名稱，使人絕倒。不知作者或隨興所至，信口成章。或攢眉苦吟，一字數年，所有篇什，皆有其個性及特色，以及自然感覺。後人強律以詩法，責以字義，指係某格某式，又敷會事實，引用典故，甚且以己之心，度人之腹，寧非背情背理。故善箋評詩者，完全以研究態度，於名章佳什中悟解其情調旨趣，從而推測其變風變雅，興感羣怨之影響。而非吹毛求疵，炫能矜博，阿同立異，借古人以揚己也。（葉水心謂唐詩佳處，爲驗物切近，嚴滄浪則謂在於神韻悠遠，無迹可求。以二公之善評，二說卽相反如此。）

四、唐詩隆盛之原因

中國有詩數千年，始於民謠情歌。詩三百篇，作者何人，多不可知。惟自有詩三百篇，而興賦比之分類，風雅頌之分格，眉目始清。至屈原作離騷，其徒宋玉景差等繼之，以美人香草比德君子，靈雨飄風感懷世事，詩之境界彌廣。厥後漢魏六朝，作者羣起，詩由四言而五言，由五言而七言，綺麗相尙，騷雅間作，藻繪山川，描寫情趣，技巧日晉，然格律未立。比至唐朝，國勢鼎盛，君主多才，提倡揚扢，上下化之，詩遂入於極盛時代。唐後各朝，雖慕唐風，而時代環境各殊，唐詩始終保持其獨特之風格，可一而不可再。

有唐之始，太宗肇業。李世民天才橫絕古今，不僅文治武功，卽詩文翰墨，亦復精妙。觀其元旦之作，洵堂堂天可汗之風。而最難得者，則爲愛才。爲秦王時，卽妙選賓從。厥後十八學士，瀛洲設館，士林榮之。於是人才蔚起。初唐名臣魏徵虞世南等，多長於吟詠。宏開雅音，而盛名所歸，則爲官位不顯之四傑。其中王勃惜不壽，盧照鄰又患惡疾，皆未盡其才。王之詩文宏遠，盧之詞賦麗郁，皆較楊炯爲佳。至於駱賓王，則因從徐敬業討武后，事敗爲僧。四傑遺詩皆不多，然杜甫稱之爲「不廢江河萬古流」，可知四傑之新體，影響唐初風格之深。因四傑之作，如「珠簾暮捲西山雨。」「鐵騎繞龍城。」「旌懸九月霜。」「玉關塵色暗邊庭」等句，皆雄傑而思厚體精，已一掃六朝以來婉靡之風，興豪邁宏大之象，而王勃之叔王績，則淸玄似陶公。寒山拾得詩則富於禪趣。允爲當時之別調。他如蘇味道、杜審言、李嶠、崔融四友。則雖尙未脫六朝之側艷，但亦漸開高逸之風。繼以陳子昂，略采艷而務氣格，薄形骸而專興寄，思雄而語卓，情亢而旨雋，唐詩之格局遂立。

以言唐詩之發揚光大，武后之功，殊不可沒。此嫗政治手段之毒辣，私生活之浪漫，爲史所譏，而其才幹明敏，愛好文藝，能用人才，優禮雋逸之士，則亦爲史所公認。在武后執政專政之二三十年中，上官儀、宋之問、沈佺期、郭利貞、李適、東方虬等；皆詩文競爽，珠映壁煥。武后則獎掖鑒別，評判甲乙、無不精當。尤可異者：婦女如上官婉兒、蘇蕙等，亦文采英發，後世幾罕其匹。而名臣如宋璟、姚崇、韓休、張九齡、魏知古，以及大文豪張說、蘇瓌、蘇頲等，凡武后時所汲拔者，無不能詩。此蓋由於宮廷提倡，凡讌集侍從，例有應制之作，雅歌較藝，文采風流，無詩禁，無詩忌，佳句傳播，一時歆動。蔚成時尚，遂更敞開隆盛之局面。

武后以後，繼之者爲玄宗。李隆基亦爲一特出之天才，知音律，好文藝。書翰綽似太宗。其詩如祭孔子，及過劍門諸作，皆俊朗不凡。當開元之際，唐號極盛，李白、杜甫、高適、岑參、王維、賈至、裴迪、邱爲、李頎、崔顥、儲光羲、王昌齡、王之渙、常建、孟浩然、皇甫冉、李華、崔曙、李嘉祐、劉長卿等，皆生於此時。自開元至大歷五十餘年中，如萬花競艷，玉樹交柯。比至大歷時代，詩人繼起，作風稍變。大歷十才子中，劉長卿以老宿爲祭酒，其研練深穩，與錢起之韻律清贍，堪稱雙絕。人謂唐詩皆高，而格不同。杜甫爲高卓，王維爲高朗，劉長卿爲高秀，皇甫冉爲高冲。其間差別，惟善於詩者方能悟之。至若郎士元、李嘉祐、苗發、崔峒、耿緯、吉中孚、司空曙、盧綸、夏侯審、李端、韓翃等則多以溫秀蘊籍見長，自有風韻，中唐顯又另闢一境界矣。

唐自安史亂後，俶擾混亂達五十餘年，至元和時始又呈中興氣象，韓愈以古文之法入詩，新開崛豪古雅一派，遊其門者，孟郊以淸癯，賈島以幽峭；張籍以疏秀；皆各擅其奇。而王建之宮詞褥麗，施肩吾之情致澹遠。李賀之古艷濃郁。沈亞之之峭厲，柳宗元之健雋挺拔，劉禹錫之自然閒適，皆卓爾名家，不傍門戶，人謂盛唐爲春花，至中唐以降，則如秋花。不知色香雖殊，風格彌雋。明人祇知推頌盛唐，抑亦固矣。

長慶時白居易元稹以平易作風，流行社會，其特色爲多風人之旨，復富條暢之美，聞者易解、易憶、亦易歌，盛稱於時，然有元白之才則可，無元白之才，則易流於俚俗。故繼起者爲杜牧，爲李義山，皆不再平衍，而以瓌麗沈博取勝。小杜律詩及七絕，實勝於老杜，義山亦然，惟長篇樂府，不能相比，蓋才氣過之而學力不及也。以言格調，樊川與玉谿，皆摹擬少陵，乃一出以精麗，一出以華美，似相師而實不相師，爰能無因襲之迹，開小宗之門，其不可及，乃在於此。同時如「長笛一聲人倚樓」之趙嘏。「山雨欲來風滿樓」之許渾。以及李頻、張祜、李羣玉等皆婉約深摯，得風人之旨。惟孫樵、曹鄴等，風格稍稍卑弱，唐詩遂亦進入晚期。

溫庭筠之作，綺麗而多脂粉氣。人以之比玉谿，稱爲溫李。然李爲奇艷，溫爲側艷。李可爲唐詩之殿軍，溫則應爲五代及宋詞之開創者。此乃格律之別，詩與詞情調之別，故李可稱爲詩人，溫則應列爲詞宗。惟溫詩亦有工緻健朗之作，並不全同於韓偓所作之秀麗溫柔。類如女郎，則由於才廣之故。若嚴格言之，溫詩究不如溫詞爲佳。他如姚合刻意求工，冥搜物象，創武功一派，入宋而成爲永嘉四靈一派。鄭谷專以風調思致爲主，厥後開嚴滄浪神韻一派。方干以鍊句鑄字，力求高堅峻拔，爲宋代黃陳西江一派之先驅。羅隱以蒼涼激昂，抒寫悲憤，似杜陵而稍稍淺近以意致勝，則爲宋代蘇陸一派詩之先聲。或謂晚唐之詩，其音衰颯。此則時運使然，無可如何。然唐詩即至末期，如陸龜蒙、張志和、皮日休、司空圖之閒適，鄭谷之淸幽，曹唐之神怪。齊己、貫休之野逸，杜荀鶴之愴楚，仍多爲後人所不能及。

五、唐人名作舉例

歷來品題唐詩者，尊李白杜甫爲大家，爲正宗。而推崇王維、岑參、高適、李頎等爲名家。此一區分，殊欠公允。因唐人詩各有特色，如千巖競秀，萬壑爭榮。若謂某峯勝於某峯，強分甲乙，乃是不知遊山之笨伯。即如司空圖分述作詩之意境二十四品，其中如雄渾與沖淡，高古與綺麗，勁健與曠達，洗鍊與自然，皆係相反。而作者或專長一品，或兼長多品，名家大家，且如大匠運斤，能斲輪亦能去堊，其隨題而施者，更各有不同之意境，不同之風格，不同之韻調。後人若專學一家，類如刻玉而成楮葉，置諸楮葉中而不能辨，寧非拙乎。

漢魏以降，五七言古詩，與長短句之古樂府，本有區別。唐人則以五七絕爲樂府，可以陽關送行，旗亭賭唱，才俊之士、競創新聲。唐人之絕句，遂擅千古。太白、龍標之作，人稱之爲神品。然如王翰之葡萄美酒，王之渙之黃河遠上，王維之陽關三疊，李益之回樂峯前。劉禹錫之山圍故國，許渾之勞歌一曲。杜牧之烟籠寒水，鄭谷之揚子江頭等等，何嘗不是神品。質言之，唐人千首絕句中所選，都是好詩。即洪邁廣蒐博採而成之唐人萬首絕句，亦有三分之二以上是好詩。漁洋謂：『唐三百年以絕句擅長，即唐三百年之樂府』。乃是悟解唐人絕句三昧之言。

五七言歌行，乃是長調樂府，王元美稱太白爲聖手，其長干行，將進酒、蜀道難等，無不元氣淋漓，宏大沉摯。但如駱賓王之帝京篇，陳子昂之登幽州台歌，杜甫之兵車行、北征、前後出塞、哀江頭，高適之燕歌行，岑參之走馬川，李頎之古從軍行，王維之桃花源，張若虛之春江花月夜。白居易之琵琶行、賣炭翁。韓愈的石鼓歌，張籍之節婦吟，李賀之雁門太守行，韋莊秦婦吟等，又何嘗不是卓絕一時之聖手。

律詩重格調，唐人五言律詩與七言律詩之形式，乃係繼齊梁以後，形成於初唐，而完成於盛唐。其完整嚴密之組織，起承轉合之變化。以及欲言之境，未盡之意，皆須於八句中表現工力技巧，允爲對詩人之最大考驗。豪放如李白，見崔顥一詩，不敢在黃鶴樓續題。後於鳳凰台，始略仿其意，成吳宮花草一律。古人之自重蓋如此。（後人好和律詩：如秋柳、白燕等，一和數百首，眞是何苦。）至謂李白律詩，不如樂府，故集中律詩，存者不多。則如宮中行樂詞等，皆麗郁超妙，仙才抑何可非。

唐人五律最佳，後代殊無人可以比肩，遑論超越。七律則尙有蘇、黃、王、元、虞、李等，可以雁行。吾人試讀唐五律，如王維詠終南山爲「分野中峯變，陰晴衆壑殊」。杜甫詠岳陽樓爲「吳楚東南坼，乾坤日夜浮」。王維詠漢江爲「江流天地外，山色有無中」。孟浩然臨洞庭，則爲「氣蒸雲夢澤，波撼岳陽城」。同一詠名山大川，而氣格各殊。至若杜之「風塵三尺劍，社稷一戎衣」。「國破山河在，城春草木深」。駱賓王之「樓觀滄海日，門對浙江潮」。孟浩然之「微雲淡河漢，疏雨滴梧桐」。劉長卿之「野寺來人少，雲峯隔水深」。韋應物之「漠漠帆來重，冥冥鳥去遲」。韓翃之「星河秋一雁，砧杵夜千家」。司空曙之「雨中黃葉樹，燈下白頭人」。賈島之「秋風吹渭水，落葉滿長安」。李商隱之「五更疏欲斷，一樹碧無情」。常建之「曲徑通幽處，禪房花木深」。杜荀鶴之「風暖鳥聲碎，日高花影重」等句，後人雖努力摹擬，終貌同而不能神似，爲可異也。

七律人推杜甫爲聖手。然以言工穩矞麗，則李頎、崔曙、賈至、岑參、王維、高適、杜牧、李義山等，實可伯仲。惟杜之七律，自有一種渾穆之氣，宛若大將登壇，自然肅靜。如早朝大明宮。賈至謂：「千條弱柳垂青瑣，百囀流鶯繞建章」。王維謂：「九天閶闔開宮扇，萬國衣冠拜冕旒」。岑參謂：「金闕曉鐘開萬戶，玉階仙仗擁千官」。而杜老則謂：「旌旗日暖龍蛇動，宮殿風微燕雀高」。若加細按，卽可見其獨特之風格。故如諸將、秋興、九日、蜀夔懷古等作，千百年來，無不推爲絕唱。然如劉長卿之「秋草獨尋人去後，寒林空見日斜時」。盧綸之「三湘愁鬢逢秋色，萬里歸心對月明」。李義山之「春蠶到死絲方盡，蠟炬成灰淚始乾」。杜牧之「深秋簾幕千家雨，落日樓臺一笛風」。趙嘏之「曉星數點雁橫塞，長笛一聲人倚樓」。溫庭筠之「囘日樓臺非甲帳，去時冠劍是丁年」等。杜亦不能作也。

五言長篇排律最爲笨滯。與五言古詩中亦有對偶者不同。故非有功力者不能成章，卽成章亦不免堆垛湊泊，而乏意味。然少陵、昌黎、東野、商隱等，皆有五言長篇多首，矜奇炫博。如韓孟之城南聯句，多至一百五十韻，計三百句，李句皆力求奧古曼麗，彼此鬬勝，以此創格，無乃太苦，太白、少伯、仲文等自不屑爲。（東坡謂詩格之變，自退之始，卽是此意。）

唐人詩結句，多有不盡之意。如「曲終人不見，江上數峯青。」「年年越溪女，相憶采芙蓉」。「但見林花落，啼鶯送客聞」等皆是。後人多不能及，何也?

六、唐諸家詩未嘗無失

詩須以唐人爲式，固矣。然學唐人須循正道，不宜走偏鋒，如佛家之有野狐禪。宋楊億、劉筠等之西崑倡和，專尚艷靡則效溫李。黃山谷、陳師道之學杜，則又專尚排奡。特開西江一派，以矯柔靡之失，雖皆謂宗唐，各有造詣。無如充其極致，酷似商隱，酷似少陵而已！若再進一步言之，則西崑西江之正宗，尚係繼承法乳。乃其他支流之好奇者，則效杜陵之拙，效李白之率，效白傅之俚，效韓愈之奧，效李賀之僻，效盧仝之怪。而對於唐代諸大家名家之醇雅清新，高朗壯麗，則僅視撫其外貌，因襲其皮毛，此所以後世之詩，頗多野而無法。東坡所謂「惡詩」，「沒規矩」，卽對此輩而發。至若元人學晚唐，明人學盛唐，雖執着過甚，摹擬過甚，不無優孟衣冠之譏，顧其志可嘉，與西崑西江，彼此祇能相視而笑，不能反唇相誚。故吾曰：唐以後人之不能超越唐人，乃係「自縛」，與「倚傍門戶」二者作怪。近代人漸知此弊，已多矯然自立，詩學之昌，契機其在此乎。（宋詩有獨立風格，與唐不同。惟尚不能勝唐。語見拙著之宋詩試評。）

唐人詩多有漫不經意之戲作，後之蒐集者，亦爲之列入集中，更有應制應酬等作，用以敷衍場面者，悉被收入。故以爲唐之大家名家都是好詩之觀念，必不可存。又有隱語庾詞，如玉谿所作，多與情好有關，若不知其究竟，就字面而作箋評，往往無法解釋。太隱太晦，乃其大疵。香山所作，則因多與社會實況有關，而求平易近情，以致不能振起遒上，最後祇能以圓穩慨歎終篇，往往意盡。至若杜牧之則豪縱好異於人，司空圖則寒儉有傖態。郊寒島瘦，元輕白俗，荀鶴鄙俚，崔魯小巧。以及失黏、失律，犯沈約八病者，在在而有。故以爲唐名家之作必無闕失者，乃是癡人。反諸，指摘名作中之些微缺陷，以爲創見，更是大癡。

七、餘　論

試評唐詩，僅略舉上述諸人，並略述所懷，實感未盡。但千餘年來，評唐人詩者太多，如杜甫一集，箋注者卽號稱千家。而牧齋謂彼善於此者，僅趙次公、蔡夢弼、黃鶴三家。錢注自謂「手破鴻濛」，乃後人亦譏其穿鑿，甚或詆之爲「小人之心」。由此可知箋註評述唐人之詩，無力求全，不易求好，祇可本己意以言一得，藉嚶鳴以求正是而已，至於唐後詩家，因箋評而生景慕，摹擬李杜王白諸公，有能入亦能出者，亦有能入而不能出者，林林總總，殊難悉數。大匠能予人規矩，不能使人巧，在天才功力，皆有極限之下，卽詩家如漁洋、秋谷、歸愚等之評詩，亦多未能盡允。若虛谷之僻，曉嵐之刻，子才之佻，更無論矣。故以言評詩及研究詩之方法，今人似勝於昔人，因所見易廣，所聞易博，且在思想觀念上無拘束，無諱忌，更不震懾於盛名，曲爲廻護之故。惟亦有稍知西方詩歌之風格，從而創作語體新詩，率評中國詩爲舊格式，死文學者，則根本尚未知詩之演進源流，亦不解詩之聲律韻調，夏蟲語氷，吾無取焉！最後不能已於言者，卽宋人好濫改唐詩，非常可惡。如「門對浙江潮」，改爲「門聽」。「曲徑通幽處」，改爲「竹逕」。「明月雙溪水」，改爲「雙流水」。「溪雲初起日沉閣」。改爲「日沉谷」。「爲有詩從鳳沼來」，改為「詩仙」。皆係點金成鐵。宋刻版本，夙為世所重，惟宋刻唐詩，類此者頗多，不可不知其誤而糾其謬。

唐詩補評

拙著唐詩評脫稿後，自我覈之，竊有未安。因唐詩特色太多，境界太廣，區區數千字，僅能略述大要，在舉例及引證上，更無可比較，類似管中窺豹，祇見一斑，殊不足以饜讀者之望。爰續作補評。冀能稍糾疎簡之失。

一、唐人詩選問題

由於全唐詩多達九百卷。存詩四萬八千九百餘首，使欣賞唐詩者感覺份量太重。故歷代皆有詩選。然因名作如林，亦使選詩者爲之困惑。揆諸一般選家之準則，凡以人存詩，而並不高卓者則不選。選則專擷其精。即使大家名家之作，亦復力求其出色當行者方予選入，汎汎之作或一章中有若干瑕疵者則不選。惟唐人詩風格韻調，各有不同，選者更各有所好，故如高棅之唐詩品彙，則偏重格律。王漁洋之唐賢三昧集，則側重神韻。而如王荆公之唐百家詩選，明李于鱗之唐詩選，鍾惺與譚友夏之詩歸，淸曾滌生十八家詩鈔中所選之唐詩，取捨之間，亦皆各有偏重偏好之處。至若洪邁之唐人萬首絕句，則近於濫湊。方回瀛奎律髓中所選之唐人律詩，更專擇生硬、侈言西江法乳，自更不足以言佳選。若言採英擷華，則如唐詩三百首，雖爲一名不見經傳之淸蘅塘退士孫洙所選。而各體皆備，唐詩三百首，所選確皆係名作，不可因其爲普及本，而譏之爲坊間俗選。

淸金人瑞鈔唐人律詩，每首皆加以詳評。因其人狂傲，且浸淫於八股文，詩雖選得不壞，評卻一無是處，尙不如近人范況詩學通論，及胡雲翼所著之唐詩研究。因范、胡舉例之唐詩，雖各僅一百餘首，卻能道出唐詩之規式、意境、結構，以及初、盛、中、晚四個時期作風之不同，評斷亦皆客觀而有理。

或謂讀選詩如啖雜膾，百珍皆全，反使人不易辨別眞味。故欲治詩者，讀選詩乃係初步，進一步必須多讀名家專集。再進一步，更須對某一名家專集能有心得，如此，則瓣香淵源，所作始可能成家。此言固當，然『天下多人學杜甫，誰得其皮與其骨』。欲求成家，談何容易，今人若能多讀多看，於萬紫千紅中，不目迷五色，久而久之，必有所成，所謂「讀書破萬卷，下筆如有神」，自可不限於專宗某一派，專傚某一人也。

二、唐詩重格律之說可言其有

世間萬事，皆有其法。法非強迫模擬之謂，而是一種有效合理之準則。詩本天籟，初造者未必有心，更多出於自然。但因其韻調均佳，後人多喜從之，遂成爲法。（近人淺學者，力反成法，乃是不明其理，不肯深入之故。）以言唐詩之盛，本源於漢魏六朝，惟唐人能變時體，創新聲。對於章法、句法、字眼、風格，能不襲漢魏，不沿齊梁，有古趣而不模古，可通俗而不俚拙，所以成爲一代文學，有其不朽價值。

詩人玉屑中曾錄唐人句法：分朝會、宮掖、懷古、送別、地名、人名、寫景、幽物、造理、入畫、典重、清新、奇偉、綺麗、刻琢、自然、寒苦、豪壯、工巧、精絕、閒適、出野、羈旅、佳境、警策、引帶、連珠、合璧、眼用活字，眼用響字、眼用拗字、眼用實字、實字粧句、虛字粧句、首用虛字、上三下二、輕重對等項。以此論唐詩之句法，本不免近於笨拙。然其採摭之富，舉例之精，確亦可爲治詩之助。吾人試觀唐後各家詩話中，無不承認唐人詩有家法，對於詩眼推敲，唐人更不肯稍苟，故唐詩可傳者多。不如唐後人輕率造語，以文入詩，汎濫淺俗，用於此亦可用於彼。甚或篇帙繁富，以多取勝。間有佳句，亦顯披沙揀金，沙多金稀，費力多而不足讀也。（以文入詩之弊，或以爲肇於東坡，然東坡嘗責王禹錫賀雨詩「打葉雨拳隨手重。吹涼風口逐人來」之句曰：「十六郎作詩怎得如此不入規矩。」而與山谷論詩法，服善甚摯，非不講詩法也。）

近人范況論詩，謂詩如建屋，須有「規式」、「意匠」、「結構」三者俱佳，最後尙須「指摘」（卽批評），矯正其失，以求無弊。其言相當有理。因此三者卽是「法」。能守此法，則詩可以不野。至於不野以後，進一步則須「規式」求美，「意匠」求高，「結構」求精。吾人讀初唐詩，覺體格似欠嚴密。宜後人稱之爲「初體」，且言「不可爲式」，後此則格律日備，體製日精，無論長篇短什，皆整飾而有法度，意境結構，更力求高卓，盛唐、中唐，作者如林，而能彼此不相依附，各有特色，最爲可貴。惟唐詩愈到後期，愈求工整細密，如義山之『狂飆不惜蘿陰薄，淸露偏知桂葉濃』。『玉檢賜書迷鳳篆，金華歸駕冷龍鱗』。李羣玉之『風迴日暮吹芳芷，月落山深哭杜鵑』。楊汝士之『文章舊價留鸞掖，桃李新陰在鯉庭』。韓翃之『急管晝催平樂酒，春衣夜宿杜陵花』。羅鄴之『暗香惹步潤花落，晚影逼簾溪鳥囘』等句，工則工矣，刻劃藻繪似亦感太甚。若與初唐杜審言之『獨憐京國人南竄，不似湘江水北流』。宋之問之『別路追孫楚，維舟弔屈平』。王績之『草生元亮徑，花暗子雲居』。上官儀之『鵲飛山月曙，蟬噪野風秋』等句相較，顯然初唐詩是美材僅加琢磨，晚唐詩是塗金鏤彩了！

晚唐詩因趨向工整麗郁，末期更多哀感愴楚，格調遂漸不如盛唐、中唐之嚴整雄渾。然以言絕句，則工麗奇巧，風格絕不遜於前人，如杜牧之「烟籠寒水月籠沙，夜泊秦淮近酒家，商女不知亡國恨，隔江猶唱後庭花』。許渾之『勞歌一曲解行舟，紅葉靑山水急流，日暮酒醒人已遠，滿天風雨下西樓』。陸龜蒙之『柳汀斜對野人窗，零落衰條傍曉江，正是霜風飄斷處，寒鷗驚起一雙雙』。以及義山之『巴山夜雨漲秋池』，張祜之『日映宮墻柳色寒』。竇鞏之『日暮東風春草綠』等作，皆特有韻致。故宋人、明人截然謂詩必以盛唐爲法，非允論也。

三、略言十一家詩

宋初專宗西崑者多人。元祐以後，專宗西江者又多人。而宗西江者專尊杜甫。對唐之名大家，遂謂僅陳子昂、杜審言、宋之問、沈佺期、孟浩然、李白、王維、賈至、高適、岑參等十人，可與杜甫相上下。對於中唐之韋應物、柳宗元、劉禹錫、李益、顧況、韓翃、劉長卿、錢起、李嘉祐、白居易、元稹、韓愈、李賀、孟郊、賈島、盧仝等皆視爲不能比肩。晚唐之杜牧、李商隱、許渾、趙嘏、溫庭筠、司空圖等，更認爲相去愈遠。持論過狹，頗爲後人所非。要知此十一家雖係宗匠，然前後尚有多家，各具特色。一時期有一時期之作風，不可存執着之見也。

杜甫、李白之詩，後人尊爲大家，已如泰岱華嶽，非一般名山所能比。然在當時，李之詩才，因得玄宗賞識，盛傳朝野。杜則始終未遇，雖有雅望，不及李爲時所重。故唐人殷璠所選之河嶽英靈集，盛唐二十四人。高仲武所選之中興閒氣集中唐二十八人中皆無杜。後韓愈云：「李杜文章在，光燄萬丈長」。元稹云：『自有詩人以來，未有如子美者』。世方以李杜並稱。迄今杜詩存者一千四百二十四首。（又各方拾遺者四十八首。）皆句無雷同，語無重複，更不因襲前人，洵可當才大學博之譽。（後人謂大才如蘇軾，在其集中，「人生似寄耳」一語卽用十餘次之多，故杜詩最耐看。）李詩則存者九百餘篇，宋時蘇黃郎指出其中有僞作。比至淸時，龔自珍更斷言：「十之五六僞也」。故其錄李白眞詩僅一百二十二篇。而其推重李白，則曰：「莊屈實二，不可以幷，幷之以爲心，自白始；儒仙俠實三，不可以合，合之以爲氣，又自白始也。」其所錄者，殆以此爲準繩。可謂最嚴格之選詩。謫仙復生，恐亦不堪其挑剔。

世人箋評李杜詩者太多，讀李杜詩者更多。故茲不作評。亦不錄詩舉例。所欲言者，則爲推究李杜之師承。以李白言：其思想係源於道家，故好言遊仙。又因生長邊陲，遨遊各地，家世生平，相當奇特，又慷慨喜功名，遂慕儒而任俠。狂傲磊落，富有詩人氣質，宜其所作，飄逸不羣。至其所長，則爲祖風騷，宗漢魏，而下友六朝。杜甫比之爲庾信、鮑照、陰鏗，而李白則極慕謝朓。其淸新俊逸，自然雄麗之處，爲杜甫所不及。然李詩捨風雲月露，名花美酒，佳人俠士，神仙山水外，更無他物。不如杜甫詩中有史、有論，更能寫出時代與身世。李之天才高，杜之功力深。李如李廣、霍去病；杜如程不識、衞靑。作風不同而皆爲名將。宜皆馳譽千古。至於晚唐之李義山、杜牧之，則義山以博麗勝，牧之以豪宕勝。義山學杜，簡鍊酷似，而博麗則效太白。牧之豪宕似李，而沉鬱則效少陵。可謂能師善法。惟玉谿之晦僻，樊川之粗率，乃其弱點。後人認爲不能比附少陵太白，亦即在此。

杜甫、李白以外之九家，詩格各不相似，茲各錄一、二首以示例：

旅寓安南　　杜審言

交趾殊風候，寒遲暖復催，仲冬山果熟，正月野花開，積雨生昏霧，輕霜下震雷，故鄉踰萬里，客思倍從來。

審言詩工密有法，如「淑氣催黃鳥，晴光轉綠蘋」。「雨雪關山暗，風雷草木稀」。「八荒平物土，四海接人烟」等，皆有分寸份量。杜甫係其孫，稱「吾祖冠古」。守其家法，唐人詩律之嚴，審言當爲一主流。

度荆門望楚　　陳子昂

遙遙去巫峽，望望下章臺，巴國山川盡，荆門烟霧開，城分蒼野外，樹斷白雲隈，今日狂歌客，誰知入楚來。

子昂感遇詩三十八首，爲世所稱。如此詩則層次分明，不言景色及情懷，而自然勃鬱。世稱其高，自非偶然！

唐詩選中皆錄子昂之登幽州台歌，但此歌係復古，而非創造。以言懷古，尚不如李嶠之『不見祇今汾水上。惟有年年秋雁飛』也。

江亭晚望　　宋之問

浩渺浸雲根，煙嵐出遠村，鳥歸沙有跡，帆過浪無痕，望水知柔性，看山欲斷魂，縱情猶未已，回馬欲黃昏。

胡雲翼謂宋之問詩受聲律拘束，未能充分表現情感。其言甚允，如「嬾結茱萸帶，愁安玳瑁簪」尤不脫六朝風格。較諸四傑，則王勃之「江曠春潮白，山長曉岫青」。楊炯之「秋容凋翠羽，別淚損紅顏」。盧照鄰之「高情臨爽月，急響送秋風」。駱賓王之「樓觀滄海日，門對浙江潮」。同一側重聲律，實皆高於宋。

隴頭水　　沈佺期

隴山飛落葉，隴雁度寒天，愁見三秋水，分爲兩地泉，西流入羌郡，東下向秦川，征客重回首，肝腸空自憐。

沈詩與宋之問可以比肩，尚未能儕杜審言，因如此詩者，亦不多見。他如「紺園澄夕霽，碧殿下秋陰」等句，則有六朝遺韻，清婉可喜。

留別王維　　孟浩然

寂寂竟何待，朝朝空自歸，欲尋芳草去，惜與故人違，當路誰相假，知音世所稀，祇應守索寞，還掩故園扉。

論唐詩者，以李杜王孟並稱。孟詩之清遠，如「夕陽連雨足。空翠落庭陰」。「水落魚梁淺。天寒夢澤深」。「風鳴兩岸葉。月照一孤舟」等句，洵不易及。然人不知其所作涼州詞，悲壯慷慨，同於王翰，抑又何也。

送楊長史濟赴果州　　王維

褒斜不容幰，之子去何之，鳥道一千里，猿聲十二時，官橋祭酒客，山木女郎祠，別後同明月，君應聽子規。

右丞詩以清逸高妙勝，如此詩與「萬壑樹參天」，「太乙近天都」，「渭城朝雨浥輕塵」等詩，皆同具嫣然之風致，且被稱爲詩中有畫，畫中有詩，乃山水派詩人之典型，實則唐初王績之「石苔應可踐，叢枝幸易攀，青溪歸路直，乘月夜歌還」等山中詩，亦不下於右丞也。

右丞非眞能隱者，觀「風勁角弓鳴」一詩可知。

初至犍爲作　　岑參

山色軒檻內，灘聲枕席間，草生公府靜，花落訟庭閒，雲雨連三峽，風塵接百蠻，到來能幾日，不覺鬢毛斑。

嘉州詩以雄健勝，走馬川行輪台歌與白雪歌橫絕一時，然如此詩則以清圓見長。其登慈恩塔詩中「秋色自西來，蒼然滿關中，五陵北原上，萬古青濛濛」等句，實過於杜甫之「七星在北戶，河漢聲西流」。早下詩「花迎劍珮」，「柳拂旌旗」，華貴自然。賈杜王亦皆不及。

送鄭侍御謫閩中　　高適

謫去君無恨，閩中我舊過，大都秋雁少，只是夜猿多，東路雲山合，南天瘴癘和，自當逢雨露，行矣順風波。

常侍詩以古風邊塞之作燕歌行等見長。如此詩則未見特色。平順而已！至若「雪淨胡天牧馬還，月明羌笛戍樓間，借問梅花何處落，風吹一夜滿關山」等詩，自可與王昌齡之從軍行，王翰之出塞，王之渙之涼州詞，岑參之獻封大夫破播仙凱歌等比肩。「尙有綈袍贈，應憐范叔寒，不知天下士，猶作布衣看」。詩人多窮，達夫則躋高位，其氣盛也。

與李白泛洞庭　　賈　至

楓岸紛紛落葉多，洞庭秋水晚來波，乘興輕舟無近遠，白雲明月弔湘娥。

賈至早朝大明宮之作，莊嚴典重。此作則極輕靈秀逸，大爲後人所稱。僉謂與李白同時所作之『洞庭西望楚江分，水盡南天不見雲，日落長沙秋色遠，不知何處弔湘君』一絕，彼此可以比肩。他如『極浦三春草，高樓萬里心，楚山晴靄碧，湘水暮流深，急與朝中舊，同爲澤畔吟，停盃試北望，還欲淚沾襟』等作。蔡寬天謂『使置杜老集中，雖明眼人恐未易辨』，亦復信然。

四、中晚唐各家之特色

天寶亂後，唐室趨衰，李杜云逝，王鄭（虔）獲罪。王翰、李益皆潦倒不遇。韋應物、常袞、賈至等皆一官出守。兩京風流，一時雲散。比至大歷時，始稍稍安定，劉長卿、韓翃、李嘉祐、錢起、李端、司空曙、皇甫曾、盧綸、耿湋、郎士元等十才子，與李益、張繼、顧況、劉禹錫、柳宗元等先後蔚起。繼以白居易、元稹、韓愈、李賀、張籍、孟郊、賈島、盧仝、王建等，遂開中唐之盛。比至開成以後，則李義山、杜牧、姚合、許渾、趙嘏、李頻、司空圖、皮日休、溫庭筠、陸龜蒙、韓偓、韋莊、羅隱、曹唐、杜荀鶴等，成爲奇葩晚艷。惟此各家因年壽不同，隱顯各殊，中晚之間，頗多難分。中唐詩人如劉長卿，且係盛唐老宿。因此，本章中所舉之各家詩，在時期先後上，不甚詮次。

中晚唐之作家，應推二劉（劉長卿、劉禹錫）及韋（應物）、柳（宗元）、杜（牧）、李（商隱）四人。韓（愈）、賈（島）、元（稹）、白（居易），似稍遜色。其能以偏鋒爭勝者，僅李（賀）、溫（庭筠）二人而已。劉長卿爲時老宿，詩律精嚴，五言有長城之譽。韋應物之詩，則閒淡簡遠，如絕代佳人，不梳不櫛，而天姿國色，自然曼妙，使婉麗穠艷者，爲之自慚。韓翃、張祜、李嘉祐之詩，若與韋較，卽有此感。至於柳宗元詩，本與韋齊名，而妙在雋永多趣，朗爽有骨。劉禹錫詩則情致幽遠，沉鬱挺秀。時以劉白並稱，然白詩多俗意累句，劉則無之。此則因劉有傲骨，敢於譏刺，故有格。白和易近人，最後皆以慨歎了之，時近頹唐，天性有別，詩亦似之。至於杜牧，亢雋有志，不失盛唐氣概，更加以綺麗修飾，七絕遂過於老杜，惟古風樂府等古樸不如耳！杜牧若與李商隱並論，則李之精麗，杜非其匹。李賀與溫庭筠各得其一體，韋莊、韓偓亦皆得其一體。杜牧能與分庭抗禮者，在於豪放，而不在於纏綿。他如韓愈、賈島、孟郊、張籍、王建等，則或清遠如蘇州，或雅雋如柳州，或幽遠如夢得，或豪雋如樊川，或郁麗如玉谿，亦皆各得一體，惟退之之古奧，較爲突出耳。

比至唐季，詩風趨變，詩人雖有司空圖、杜荀鶴、曹唐、羅隱、羅虬等，而香奩之艷，遊仙之怪。以及愛戀、諷刺、哀怨之露骨，漸入下乘，繼以五代擾攘，僅南唐、吳越、閩中、西蜀稍存風雅，故評唐詩者，皆至天復時人止，其有以五代詩附入晚唐者，亦類似蟬曳殘聲矣。

茲舉中晚唐詩若干首，略評如次：

北歸次秋浦界清溪館　劉長卿

萬里猿啼斷，孤邨客暫依，雁過彭蠡暮，人向宛陵西，舊路青山在，餘生白首歸，漸知行近北，不見鷓鴣飛。

長卿詩如「柴門聞犬吠，風雪夜歸人」。「白雲依靜渚，芳草閉閑門」。「老至居人下。春歸在客先」等句，確是不凡。其七言如「江上月明鴻雁過，淮南木落楚山多」。「秋草獨尋人去後，寒林空見日斜時」等句，皆卓然可傳千古。絕詩如「猿啼客散暮江頭，人自傷心水自流，同作逐臣君更遠，青山萬里一孤舟」。讀之尤使人低徊欲絕。以言大歷時代詩人，允推第一，宜不願與郎李齊名。

送僧歸日本　錢起

上國隨緣住，來途若夢行，浮天滄海遠，去世法舟輕，水月通禪寂，魚龍聽梵聲，惟憐一燈影，萬里眼中明。

錢詩以「曲終人不見，江上數峯青」二語馳譽。其詩之韻遠格高，亦可以此二語例之。（嵇氏稱其詩「清穩」二字甚確。）

嘉外弟盧綸見宿　　司空曙

靜夜四無鄰，荒居舊業貧，雨中黃葉樹，燈下白頭人。以我獨沉久，愧君相見頻。平生自有分。況是霍家親。

司空之詩，蒼涼多致，盧綸亦然。如「路出寒雲外，人歸暮雪時」。與司空之作，幾不可辨。如「三湘愁鬢逢秋色，萬里歸心對月明。」且過於司空。胡雲翼謂「盧綸五絕好。如「林暗草驚風」等。不以律詩見長」。亦非允論。

湘南即事　　戴叔倫

盧橘花開楓葉衰。出門何處望京師。沅湘日夜東流去。不爲愁人住少時。

戴作與司空曙、盧綸風格相似，當時盛行此體可知。其「沅湘流不盡，屈子怨何深，日暮秋風起，蕭蕭楓樹林」。一首五絕，亦作於此時。格調之高，冠絕當世。

洛陽早春　　顧況

何地避春愁，終年憶舊遊，一家千里外，百舌五更頭，客路遍逢雨，鄉山不入樓，故園桃李月，伊水向東流。

顧作人謂不如李益、劉禹錫，原因在於恃巧。

送人入蜀　李遠

蜀客本多愁，君今是勝遊，碧藏雲外樹，紅露驛邊樓，杜宇呼名語，巴江學字流，不知烟雨外，何處夢刀州。

李詩甚精切清妙，但落巧慧。如「坐客滿筵都不語，一行哀雁十三聲」，體物緣情，亦臻妙詣。

送張南史　郎士元

雨過深巷靜，獨酌送殘春，車馬雖嫌僻，鶯花不厭貧，蟲絲黏戶網，鼠跡印床塵，向道山陽會，如今有幾人。

巧慧似李遠，嵇曉嵐稱其三四句爲高唱，亦似過譽，不如「星河秋一雁，砧杵夜千家」也。

月夜會徐十一草堂　韋應物

空齋無一事，岸幘故人期，暫輟觀書夜，還題玩月詞，遠鐘高枕後，清露捲簾時，暗覺新秋近，殘河欲曙時。

韋蘇州詩淡而自然，清而有致，五古最佳，如「落葉滿空山，何處尋行迹」。「浮雲一別後，流水十年間」。「兵衞森畫戟，燕寢凝清香」。「綠陰生晝靜。孤花表春餘」等句，皆非凡俗者所能道。

江南曲　　李益

嫁得瞿塘賈，朝朝誤妾期，早知潮有信，嫁與弄潮兒。

李益絕句甚佳，如「回樂峯前沙似雪，受降城上月如霜，不知何處吹蘆管，一夜征人盡望鄉」。以及「無限塞鴻飛不度，秋風吹入小單于」等詩，皆有高致，其淒涼深刻處，使人感愴。宜當時宮廷競求其詩。

石頭城　　劉禹錫

山圍故國周遭在。潮打空城寂寞回。淮水東流舊時月。夜深還過女墻來。

夢得金陵懷古詩：「王濬樓船下益州」一章，同遊之白居易、韋應物諸公謂已探驪得珠，不再着筆。然劉作之平易者，如玄都觀詩，竹枝詞等，皆兒女可歌，相當自然，其情高意眞處，他人卻說不出，更寫不出。

漁翁　　柳宗元

漁翁夜傍西巖宿，曉汲清湘燃楚竹，煙銷日出不見人，欸乃一聲山水綠，迴看天際下中流，巖上無心雲相逐。

柳州詩如「嶺樹重遮千里目，江流曲似九迴腸」。「千山鳥飛絕，萬徑人蹤滅，孤舟簑笠翁，獨釣寒江雪」。其優處爲超脫未經人道。

巫山　　皇甫冉

巫峽見巴東，迢迢出半空，雲藏神女館，雨到楚王宮，朝暮泉聲異，寒暄樹色同，清猿不可聽，偏在九秋中。

皇甫詩有冲秀之稱，此作有名篇之譽，則所未解。

旅遊　　賈島

此心非一事，書扎若爲傳，舊國別多日，故人無少年，空巢霜葉落，疎牖水螢穿，留得鄰僧宿，中宵坐默然。

浪仙詩酸苦深僻，人謂島瘦。明清時代人對賈無好評，然其刻劃推敲之工，如「秋風吹渭水，落葉滿長安」。不到其地者，不知其妙。如「地侵山影掃，葉帶露痕書」。不悟靜趣者，不知其意。

古別離　　孟郊

欲別牽郎衣，郎今到何處，不恨歸來遲，莫向臨邛去。

孟郊詩格高寒，小詩甚佳，至於長篇，則如與韓愈城南聯句，矜奇侈博，誇麗鬬巧，長至一百數十韻，雖曰才大，實可一而不必再。至於韓愈詩，則古風確甚沈雄古鬱，於杜甫外別創一格。惟「昌黎詩往往以醜爲美」，奇險博大，故不宜爲小詩，不特五言七絕，卽五律七律，亦不適合。如「雪擁藍關馬不前」等詩，祇可作筆記看。後人因仰其文章，又以其古風確是不凡，遂將韓之律絕詩亦列爲大家。不知韓之律絕，較諸大家，總隔一間。

南　園二首　　李　賀

尋章摘句老雕蟲，曉月當簾掛玉弓，不見年年遼海上，文章何處哭秋風。

長卿牢落悲空舍，曼倩詼諧取自容，見買若耶溪水劍，明朝歸去事猿公。

長吉奇才，詩有特殊風格。古風側艶冷香，造句新郁，後世楊鐵崖等實效其體，洵變格之騷音也。

江南春　　張　籍

江南楊柳春，日暖地無塵，渡口過新雨，夜來生白蘋，晴沙鳴乳雁，芳樹醉遊人，向晚青山下，誰家祭水神。

司業詩以自然醞藉勝。然其長處，則爲歌行而非律絕，其律句如「別來同說經過事。老去相傳補養方」。「市客慣曾賒賤藥，家童驚見着新衣」。皆平淡同於白傅。至若「君知妾有夫」等樂府詩，白傅所不能及也。

喜逢鄭三遊山　　盧　仝

相逢之處花茸茸，石壁攢峯千萬重，他日期君何處好，寒流石上一株松。

盧詩峭僻怪險，如此詩尙屬平易，當時元白力尙淸淺，使人易解，盧仝或係志在矯俗。

宴散　白居易

小宴追涼散，平橋步月迴，笙歌歸院落，燈火下樓臺，殘暑蟬催盡，新秋雁帶來，將何迎睡興，臨臥舉殘杯。

白傳長於歌行，長恨歌、琵琶行等，人皆傳誦。律絕因尚自然，遂皆病太俚、太粗率。此作較警策。惟結句亦稍近湊泊，他如『久別偶相逢，俱疑是夢中，即今歡樂事，放盞又成空』。『泊處或因沽酒市，宿時多並釣魚船』等詩，皆開後人輕熟之漸。

悼亡三首錄一　元稹

謝公最小偏憐女，自嫁黔婁百事乖，顧我無衣搜藎篋，泥他沽酒拔金釵，野蔬充膳甘長藿，落葉添薪仰古槐，今日俸錢過十萬，與卿營奠復營齋。

微之長於古風，亦長於艷歌。如連昌宮辭，會眞詩等，浩蕩郁麗，實過於白傳。小詩如「寂寞古行宮，宮花寂寞紅，白頭宮女在，閒坐說玄宗。」亦非白所能及。而如此詩，能以白描手法，寫出沉哀，則與白之作風相同。「殘燈無燄影幢幢，此夕聞君謫九江，垂死病中驚坐起，暗風吹雨入船窗。」元白交誼之篤於此可知！

武功縣中三十首錄一　姚合

簿書多不會，薄俸亦難消，醉臥慵開眼，閒行懶繫腰，移花兼蝶至，買石得雲饒，且自心中樂，從他笑寂寥。

姚以武功詩得名，時稱姚武功，後人譏其太易、太淺，有傖氣而小樣。然如「吏來山鳥散，酒熟野人過」。「掃舍驚巢燕，尋方落壁魚」等，確新異可喜。

題潼關驛樓　　許　渾

紅葉晚蕭蕭，長亭酒一瓢，殘雲歸太華，疏雨過中條，樹色隨關迥，河聲入海遙，帝鄉明日到，猶自夢漁樵。

丁卯詩能於豪宕中見蘊藉。如「殘螢栖玉露，早雁拂金河」。「素壁寒燈暗，紅爐夜火深」皆可愛誦。然世譏其「屬對求工，近於凡俗」。亦有言其病在「格意凡近，不盡在於句法」。是耶否耶？當質諸於大家。

閨　情　　杜　牧

梧桐葉落雁初歸，迢遞無因寄遠衣，月照夜泉金點冷，鳳酣簫管玉聲微，佳人力杵秋風外，蕩子從征夢寐稀，遙望戍樓天欲曉，滿城鼙鼓白雲飛。

牧之七絕勝於律詩，前已言之，余讀樊川集，曾題句云：落魄江湖載酒時。成陰綠葉惜春遲，蒼涼風格纏綿調，一代才人杜牧之。因其信口所詠，皆可成爲佳話。又如「江東子弟」，「金谷墜樓」「銅雀春深」等，則翻案更能新穎秀發也。

春　雨　　李商隱

悵臥新春白袷衣，白門寥落意多違，紅樓隔雨相望冷，珠箔飄燈獨自歸，遠路應悲春晼晚，殘宵猶得夢依稀，玉璫緘扎何由達，萬里雲羅一雁飛。
玉谿詩多晦澀，前已言之。如此詩則不晦，詩有騷雅之別。如此詩則全係詩人之詩，較諸錦瑟、無題等詩，別有一種意味，因語非刻骨鏤情，而自有雅韻遠致。其五言詩如「落葉人何在，寒雲路幾層」。「薄宦梗猶汎，故園蕪已平」。「夕陽無限好，祇是近黃昏」。亦復類如，藉知玉谿固不僅長於言情也。

蘇武廟　溫庭筠

蘇武魂銷漢使前，古祠高樹兩茫然，雲邊雁斷胡天月，隴上羊歸塞草煙，迴日樓臺非甲帳，去時冠劍是丁年，茂陵不見封侯印，空向秋波哭逝川。
庭筠之絕句如「雁聲遠過瀟湘去，十二樓中月自明」。五言如「鷄聲茅店月，人跡板橋霜」。皆爲時所傳誦。張泌之「多情只有春庭月，猶爲離人照落花」。李頻之「早晚更看吳苑月，小齋長憶落西窗」。與孟浩然之「江清月近人」。王維之「松際露微月」。皆詠月而風致迴異，言盛晚之別者，當於此中悟之。

金陵圖　韋莊

江雨霏霏江草齊，六朝如夢鳥空啼，無情最是臺城柳，依舊煙籠十里堤。
端己之詩麗則似牧之，其所作秦婦吟，不遜於白居易之長恨歌與琵琶行。

殘春旅舍　韓偓

旅舍殘春宿雨晴，恍然心地憶咸京，樹頭蜂抱花鬚落，水面魚吹柳絮行，禪伏詩魔歸靜域，酒衝愁陣出奇兵，兩梁免被塵埃汙，拂拭朝簪待眼明。

致堯香奩詩極艷。如此詩則甚細。

雪　　鄭谷

亂飄僧舍茶煙濕，密洒歌樓酒力微，江上晚來堪畫處，漁人披得一簑歸。

鄭詩清靈，與方干相似，方詩如「野渡波搖月，空城雨翳鐘」。「過楚寒方盡，浮淮月正沉」。皆開後之清靈一派。

仙子洞有懷劉阮　　曹唐

不將清瑟理霓裳，塵夢那知鶴夢長，洞裏有天春寂寂，人間無路月茫茫，玉沙瑤草連溪碧，流水桃花滿澗香，曉露風燈零落盡，此生無處訪劉郎。

曹唐以遊仙詩寫夢幻之景，如「來經玉樹三山遠。去隔銀河一水長」句，極爲當時人所愛讀，實則係脫胎自義山之「星沉銀漢當窗見，雨過河源隔座看」。時丁喪亂，人好遯世。余有詩云：

南山種豆憐無地，東海生桑又幾年，莫怪教堂徧里巷，劫餘人世望生天。蓋反遊仙之意。讀曹唐詩實多憮然！

過侯王故第　　杜荀鶴

過此一酸辛，行人淚有痕，獨殘新碧樹，猶擁舊朱門，歌歇雲初散，簷空燕尙存，不知彈鋏客，何處感新恩，荀鶴詩：如「風暖鳥聲碎，日高花影重」等句，極爲人所稱。此詩亦有風格，末句「感新恩」三字，若更爲「又承恩」，似更深摯。

題潤州妙善寺前石羊　羅隱

紫髯桑蓋此沉吟，狠石猶存事可尋，漢鼎未安聊把手，楚醪雖滿肯同心，英雄已往事難問，苔蘚何知日漸深，還有市廛沽酒客，雀喧鳩聚話蹄涔。

昭諫集中，如此類詩尙佳。因羅詩往往太率、太激，此詩中以「桑蓋」代劉，確不甚妥，餘皆沉着。

杜羅二人皆丁時喪亂，故詩多伊鬱。杜句如「桑柘廢來猶納稅，田園荒盡尙徵苗」。羅詩如「灞陵老將無功業，猶憶當時夜獵歸」。哀怨深矣。

五、餘話——偶舉與獨唱

唐代詩人，可以偶舉，乃是一奇。例如東臯子（王績）與寒山子。一隱一禪，實開新境。厥後王（勃）楊（炯）並稱，盧（照鄰）駱（賓王）競爽。沈（佺期）宋（之問）則應制誇最；杜（審言）蘇（味道）又館閣蜚聲。陳子昂與張九齡，一北一南，俱開清俊之局，上官儀與李嶠，皆居禁要，同擅華贍之美。而文推燕許，政著姚宋，此四公者，詩皆典重。比至開元天寶之際，杜甫李白，詩聖詩仙垂譽千古。王維孟浩然，俱耽隱逸，名重山林。而言邊塞豪邁，則岑（參）高（適）居伯仲之間。言山寺清幽，則常建丘爲可爾汝相長。其得沖和閒適之情趣者，爲儲光羲與韋應物。富高邁絕倫之格調者，爲王昌齡與王之渙。至若李頎、王翰、賈至、裴廸、祖詠、崔灝，盛名之下，亦復旗鼓相當。逮及中唐，李嘉祐與劉長卿，柳宗元與劉禹錫，元稹與白居易，韓愈與孟郊，孟郊與賈島，張籍與王建，錢起與李端，顧況與盧綸，李賀與盧仝。無不稱其一卽知其二。以言作風，則固或相似，或相異也。比至晚唐，則杜牧與李商隱，皆以華郁工麗勝，而一爲沉鬱蒼涼，一爲纏綿悱惻，平分秋色，殆無其匹。其繼起者，如張祜與許渾，趙嘏與鮑溶，司空圖與施肩吾，陸龜蒙與張志和，溫庭筠與李羣玉，韓偓與韋莊，杜荀鶴與羅隱，羅虬與曹唐。彼此逞才競秀，詩歌風格頗多瑜亮並峙，天地生才，無獨有偶，於此可信。

又唐人詩有僅以一首傳譽千古者，如崔灝之黃鶴樓。張繼之楓橋夜泊。朱慶餘之畫眉深淺。貫休之一劍霜寒。皆傳爲佳話。至若羅虬以比紅兒詩見稱，魚玄機以情詩留名。抑其次矣！

附：唐人律詩名句舉隅

唐人五律七律，垂範後世，無人敢變其格調，卽因唐律精嚴，名句五字或七字，如金鑄玉琢，不可移易。其間又備極情致，妙盡萬態。詩人玉屑中以萬象入壺，眞人御風，碧海求珠，華林擷芳，龍吟虎嘯，鶴盤鳳翥，文豹隱霧，寶髻簪花，荆山鑄鼎，玄蟬飲露，竹敲寒夢，秋水涵虛，狂絮飄空，連珠散彩等爲言。較之司空圖之二十四詩品，似更抽象。然研究唐詩者，亦不可不知有此各種境界。

唐詩人無論大家名家，用字造句，皆守章法而力避雷同，恥不如人。如登慈恩寺塔詩，早朝大明宮詩，皆各抒所懷。薛、岑、高、王、杜、賈諸公，皆不相下。其有佳作在前不能幾及者，則甯可不作。如崔灝既有黃鶴樓詩，劉夢得既成金陵懷古詩，則後者不妨擱筆。後至元稹、白居易，彼此互唱，格始趨卑。然亦競奇爭勝，不作空套。故欲學唐詩者，應從鍊句鍊字，造意立格入手，方不致流於粗野。否則，侈言宗杜法李，總是門下野狐，即使略似，亦復優孟衣冠。蓋基礎不立，構成畫棟雕梁，結果必呈欹側，徒費心力。惟立基云云。捨杜老『讀破書萬卷』一法外，殊無他途。「勸人作詩，乃係勵學。」其言良信。茲錄集唐人名句五言七言各若干聯如次，試觀其中有弱語濫調否？

五言

草深元亮徑，花暗子雲居。　王績（田家）

九江春水濶，三峽暮雲深。　陳陶（溢城贈別）

人烟寒橘柚，秋色老梧桐。　李　白（宣州城樓）

霜空極天盡，寒月帶江流。　張　說（江行）

雲霞出海曙，梅柳渡江春。　杜審言（常州早春）

離堂思琴瑟，別路繞山川。　陳子昂（別友）

烟峯高下翠，日浪淺深明。　唐太宗（春日登眺）

春來津樹合，月落戍樓空。　唐玄宗（早渡蒲關）

極浦三春草，高樓萬里心。　賈　至（春望）

鳥飛爭向夕，蟬噪已先秋。　裴　迪（酬王維）

遽辭池上酌，新得山中書。　丘　丹（同）

微雲淡河漢，疏雨滴梧桐。　孟浩然（秋夕省中）

行到水窮處，坐看雲起時。　王　維（南山）

山光悅鳥性，潭影空人心。　常　建（入山寺）

無風雲出塞，不夜月臨關。　杜　甫（秦州雜詩）

暖風抽宿麥，清雨卷歸旗。　韓　愈（郊行）

星月懸秋漢，風霜入曙鐘。　李　嶠（餞駱四）

玉階聞墜葉，羅幌見飛螢。　沈佺期（長門怨）

情人怨遙夜，竟夕起相思。　張九齡（望月）

鵲飛山月曙，蟬噪晚風秋。　上官儀（早朝）

海內存知己，天涯若比鄰。　王　勃（送杜少府）

不堪玄鬢影，來對白頭吟。　駱賓王（獄中聞蟬）

潮平兩岸濶，風正一帆懸。　王　灣（北固山下）

竹外仙亭出，花間輦路分。　喬知之（應制）

塞草連天暮，邊風動地秋。　張　佀（送友赴幽州）

病知新事少，老別故交難。　崔　塗（別故人）

杜魄呼名叫，巴江學字流。　李　遠（送友入蜀）

五更疏欲斷，一樹碧無情。　李商隱（蟬）

澗氷妨鹿飲，山雪阻僧歸。　張　喬（山中冬夜）

落葉他鄉樹，寒燈獨夜人。　馬　戴（秋居）

湖聲蓮葉雨，野色稻花風。　張　籍（送人返越）

浥露收新稼，迎寒葺舊廬。　皇甫冉（送主山人歸）

竹覆經冬雪，庭昏未夕陰。　祖　詠（蘇氏別業）

秋聲萬戶竹，寒色五陵松。　李　頎（望秦川）

海盡邊陰靜，江寒朔吹生。　丁仙芝（渡揚子江）
孤燈燃客夢，寒杵搗鄉愁。　岑　參（客舍）
江樹臨洲晚，沙禽對水寒。　劉長卿（七里灘）
鳥歸沙有跡，帆過浪無痕。　賈　島（江亭晚望）
輦路江楓暗，宮潮野草春。　司空曙（金陵懷古）
竹憐新雨後，山愛夕陽時。　錢　起（谷口書齋）
漠漠帆來重，冥冥鳥去遲。　韋應物（暮雨送友）
星河秋一雁，砧杵夜千家。　韓　翃（即事）
興因樽酒洽，愁爲故人輕。　張　繼（春夜勸酒）
雪嶺無人跡，冰河足雁聲。　盧　綸（從軍行）
晚色寒蕪遠，秋聲候雁多。　權德輿（送人）
風枝驚暗鵲，露草覆寒蟲。　戴叔倫（故人集客舍）
樓高驚雨濶，木落覺庭空。　李　洞（聽白公話舊）
柳塘春水慢，花塢夕陽遲。　嚴　維
山昏函谷雨，木落洞庭波。　許　渾（送人南遊）
樹初黃葉日，人欲白頭時。　白居易（途中感秋）

苦調琴先覺，愁容鏡獨知。　王　適（古別離）

今宵一別後，何處更相逢。　于　鵠（別友）

共看今夜月，獨作異鄉人。　張　溢（寄友）

鷄聲茅店月，人跡板橋霜。　溫庭筠（途次）

月明三峽曙，潮滿二江春。　張循之（巫山高）

雪侵帆影落，風逼雁行斜。　趙　嘏（江行）

風暖鳥聲碎，日高花影重。　杜荀鶴（吳宮詞）

小桃初謝後，雙燕恰來時。　鄭　谷（杏花）

野色寒來淺，人家亂後稀。　羅　隱（秋浦）

晩果紅低樹，秋苔綠遍墻。　耿　湋（秋晩臥疾）

堦雪凌春結，鐘烟向夕深。　楊巨源（過證上人院）

泉冷無三伏，松枯有六朝。　皮日休（遊西霞寺）

宿雨愁爲客，寒花笑未還。　釋皎然（懷舊）

移花兼蝶主，買石得雲饒。　姚　合（武功縣中）

趁鐘開靜戶，帶葉捲殘書。　周　賀（酬吳處士）

江湖千里別，衰老一樽同。　皇甫曾（過劉員外別墅）

高杉殘子落，深井凍痕生。　釋無可（冬夕）

草色寒猶在，蟲聲晚更多。　朱慶餘（秋園）

愁深楚猿夜，夢斷越鷄晨。　柳宗元（梅雨）

孤燈聞楚角，殘月下章臺。　韋　莊（章臺夜思）

七言

漢家城闕疑天上，秦地山川似鏡中。　沈佺期（侍宴）

鸞輅已辭烏鵲渚，簫聲猶繞鳳凰臺。　李　嶠（幸太平公主山莊）

巖邊樹色含風冷，石上泉聲帶雨秋。　宋之問（仝）

雲間東嶺千重出，樹裏南湖一片明。　張　說（灉湖山寺）

宮中不見南山盡，城上平臨北斗懸。　蘇　頲（望春宮）

晴雲稍卷寒巖樹，宿雨微銷御路塵。　張九齡（和玄宗山行）

渭水晴光搖草樹，終南佳氣入樓臺。　賈　曾（和春日出苑）

河邊淑氣迎芳草，林下輕風待落梅。　孫　逖（逢立春）

雲飛北闕輕陰散，雨歇南山積翠來。　李　憕（雨中春望）

雲裏帝城雙鳳闕，雨中春樹萬人家。　王　維（仝）

芙蓉曲沼春流滿，薜荔成帷晚靄多。　裴　迪（訪友不遇）

錦江春色來天地，玉壘浮雲變古今。　杜　甫（登樓）

漸看春逼芙蓉枕，頓覺寒銷竹葉杯。　孟浩然（除夜）

雨歇亭臯仙菊潤，霜飛天苑御梨秋。　王昌齡（九日登高）

巫峽啼猿數行淚，衡陽歸雁幾封書。　高　適（送友）

河山北枕秦關險，驛路西連漢畤平。　崔　顥（行經華陰）

千門柳色連青瑣，三殿花香入紫微。　岑　參（西掖省卽事）

關門曙色催寒近，御苑砧聲向晚多。　李　頎（送友之京）

萬里寒光生積雪，三邊曙色動危旌。　祖　詠（望薊門）

三晉雲山皆北向，二陵風雨自東來。　崔　曙（九日登仙臺）

鄉園不見重歸鶴，姓氏今爲第幾仙。　元　結（橘井）

竹裏登樓人不見，花間覓路鳥先知。　張　渭（南園）

秋後見飛千里雁，月中聞擣萬家衣。　劉方平（秋夜）

鴉翻楓葉夕陽動，鷺立蘆花秋水明。　陶　峴（西塞山下迴舟）

卻把漁竿尋小徑，閒梳鶴髮對斜暉。　張志和（漁父）

樹隔五雲秋色早，水連三晉夕陽多。　張　喬（題鸛雀樓）

幽谿鹿過苔還靜，深樹雲來鳥不知。　錢　起（山中）

幾處折花驚蝶夢，數家留葉待蠶眠。　包　何（春日東郊）

門前山色能深淺，壁上湖光自動搖。　秦　系（山居）

野棠開遍空流水，江燕初歸不見人。　李嘉祐（蘇臺途中）

疏松影落空壇靜，細草春香小洞幽。　韓　翃（題仙遊觀）

蒹葭曙色蒼蒼遠，蟋蟀秋聲處處同。　皇甫冉（寄劉長卿）

孤村幾歲臨伊岸，一雁初晴下朔風。　韋應物（舟入黃河）

窗臨絕磵聞流水，客至孤峯掃白雲。　皇甫曾（寄僧）

蒼苔古道行應遍，落木寒泉聽不窮。　郎士元（宿山寺）

秦地故人成遠夢，楚天涼雨在孤舟。　李　端（宿淮浦憶友）

估客晝眠知浪靜，舟人夜語覺潮生。　盧　綸（晚次鄂州）

雨後綠苔生石井，秋來黃葉滿繩牀。　司空曙（題僧院）

漢家簫鼓空流水，魏國山河半夕陽。　李　益（登鸛雀樓）

遠書珍重何由達，舊事凄涼不可聽。　竇叔向（與表兄話舊）

歸心莫問三江水，旅服從霑九月霜。　張南史（秋雨中）

夜長簷溜寒無寢，日晏廚烟溼未炊。　竇　牟（秋居對雨）

自傷白髮辭金屋，許著黃冠向雪峯。　于　鵠（送宮人入道）

暫驚風燭難留世，便是蓮花不染身。　楊郇伯（送妓入道）

雨餘古井生秋草，葉盡疎林見夕陽。　戴叔倫（過賈誼舊居）

秋草獨尋人去後，寒林空見日斜時。　劉長卿（仝）

無事日長貧不易，有才年少屈終難。　王　建（送姪）

清景乍開松嶺月，亂流長響石樓風。　武元衡（題香山寺）

細雨溼衣看不見，閑花落地聽無聲。　劉長卿（贈別）

寒食花開千樹雪，清明日出萬家烟。　王　表（清明春望）

波翻極浦危檣出，霜落秋郊樹影疎。　權德輿（送李處士）

玉簟微涼宜白晝，金笳入夢應清商。　劉禹錫（早秋）

金爐香動螭頭暗，玉佩聲來雉尾高。　韓　愈（元日朝廻）

嶺樹重遮千里目，江流曲似九廻腸。　柳宗元（登柳州城樓）

立馬望雲秋塞淨，射鵰臨水曉天晴。　楊巨源（觀征人回）

縣中時有仙人住，山下應多藥草生。　張　籍（寄趙明府）

林間煖酒燒紅葉，石上題詩掃綠苔。　白居易（題仙遊寺）

花枝滿院空啼鳥，塵榻無人憶臥龍。　元　稹（訪嚴澗不在）

故橋秋月無家照，古井寒泉見底清。　李紳（皋橋）

霜覆鶴身松子落，月分螢影石房開。　賈島（送友歸牛渚）

更無新燕來巢屋，大有閒人去看花。　朱慶餘（題廢宅）

飛來曲渚烟方合，過盡南塘樹更深。　李商隱（宿晉昌亭聞驚禽）

一院落花無客醉，五更殘月有鶯啼。　溫庭筠（經友故居）

深秋簾幙千家雨，落日樓臺一笛風。　杜牧（題宣州水閣）

湘潭雲盡暮烟出，巴蜀雪消春水來。　許渾（凌歊臺）

雲遮襄國天邊盡，樹遠漳河地裏來。　李遠（聽話叢臺）

高鳥過時秋色動，征帆落處暮雲平。　趙嘏（齊安早秋）

壓樹早鴉飛不散，到窗寒鼓溼無聲。　薛逢（長安滯雨）

樵客出來山帶雨，漁舟過去水生風。　劉威（遊東湖）

千年事往人何在，半夜月明潮自來。　劉滄（長州懷古）

山當日午回峯影，草帶泥痕過鹿羣。　項斯（山行）

侵階草色連朝雨，滿地梨花昨夜風。　來鵬（寒食山館）

新水亂侵青草路，殘烟猶傍綠楊村。　雍陶（晴）

山口斷雲迷舊路，渡頭芳草憶前年。　崔魯（過蠻溪渡）

女蘿力弱難逢地，桐樹心孤易感秋。　曹鄴（碧潯讌上）
野廟向江春寂寂，古碑無字草芊芊。　李羣玉（黃陵廟）
秋館池臺荷葉歇，野人籬落荳花疎。　李郢（江亭晚秋）
自拋官與青山近，誰訝身爲白髮催。　李頻（題別墅）
殘月出林明劒戟，平沙隔水見牛羊。　方干（隴頭）
漁人遺火或寒燒，牧笛吹風起夜波。　張喬（鸛雀樓）
金絡馬啣原上草，玉顏人折路傍花。　胡曾（寒食都門）
空聞明主提三尺，實見愚民盜一抔。　唐彥謙（長陵）
銅池數滴桂上雨，金鐸一聲松杪風。　皮日休（開元寺）
閒階雨過苔花靜，小簟風來薤葉涼。　陸龜蒙（閒書）
鳥啼深樹丸靈藥，花落晴窗讀道書。　曹唐（贈馮處士）
雨昏青草湖邊過，花落黃陵廟裏啼。　鄭谷（鷓鴣）
蝴蝶夢中家萬里，杜鵑枝上月三更。　崔塗（春夕旅懷）
草枯朔野春難落，冰結河源雪未銷。　張蠙（邊情）
巖深水落寒侵骨，門靜花開色照衣。　周朴（桐柏觀）
幾樹好花閒白晝，滿庭芳草易黃昏。　吳融（廢宅）

細水浮花歸別澗，斷雲將雨下孤村。　韓偓（春盡）
城頭早角吹霜盡，郭外殘潮帶月廻。　曹松（南海旅次）
寒角莫吹殘月夜，病心方憶故園春。　韋莊（婺州屏居）
舊業久抛耕釣侶，新聞多說戰爭功。　李咸用（喜逢鄉人）
黃菊倚風村酒熟，綠蒲低雨釣船歸。　羅隱（憶九華）
錦字莫辭連夜織，塞鴻長是到春歸。　羅鄴（征人）
數莖白髮生浮世，一盞寒燈共故人。　潭用之（秋夜與友人話舊）
滿堂花醉三千客，一劍霜寒十四州。　貫休（席上）

如上所列舉之名句，在唐詩中不知若干，在此僅係嘗鼎一臠。惟詩什之佳妙，在於通首氣韻貫注，意象混壹，起結承轉之間，尤須呼應醒拔，方能使名句特別顯豁，如「岱宗夫如何。齊魯青未了」。「王濬樓船下益州，金陵王氣黯然收」之起句。如「曲終人不見，江上數峯青」。「遷客此時徒極目。長洲孤月向誰明」之結句，皆係唐人之正眼法藏。唐後詩人往往有名句而全首不能相稱，學步之難，有如此者。

五絕主遒勁，不容一淺庸語。五古主淵穆，不容一凡弱語。七古主灝瀚，不容一衰竭語，皆係唐人家法。王之渙之「白日依山盡，黃河入海流，欲窮千里目，更上一層樓」。王昌齡之「高臥南齋時，開帷月初吐，清輝澹水木，演漾在庭戶，苒苒幾盈虛，澄澄變今古，美人淸江畔，是夜越吟苦，相思不相見，千里共蘭杜」。乃係五絕五古之正眼法藏。至於七古，則如岑參之白雪歌，結語爲「輪臺東門送君去。去時雪滿天山路。山廻路轉不見君。雪上空留馬行處」。杜甫之觀曹將軍畫馬圖，結語爲「君不見金粟堆前松柏裏，龍媒去盡鳥呼風」。韓愈之衡岳廟，結語爲「猿鳴鐘動不知曙，杲杲寒日生於東」。凡此諸結語，讀之卽可知全章從容縱肆，才力綽然有餘而不窮。卽如白傅長恨歌，已將情事婉轉寫盡，而最後則曰「天長地久有時盡，此恨緜緜無絕期」。能悟此理，則意自不竭。

宋詩評

一、宋詩昌盛之原因

有宋一代，崇尚文學，上繼漢唐，下啓明清。其彬彬郁郁之風，對於中國整個文化之發揚與光大，佔極重要之地位。後世治經學者，分尊漢儒宋儒，治藝術者，稱頌唐人宋人。而在文學範圍中，則無論文章辭賦、詩歌詞曲，以言大家，不外唐宋。卽當時更迭勃興之遼金元三朝，兵力皆強於宋，而與宋接觸以後，皆漸慕華風，同文共化，由此可以概有宋一朝文治之盛。

揆宋之興，亦以武功。然太祖太宗，皆知僅恃武力不可以安定天下，須重視文治，汲用文人，方能長治久安。因此，不特沿唐例以貢舉考試取士，使有進身之階，且尊榮優禮，授以政治實權。將相大吏以及州縣僚司，多由科甲考試出身。唐太宗以考試取士，謂「天下英雄，入吾彀中」，尚有武勁自喜之意。宋則確重視文治，尊重讀書人，故士皆爭奮，才人輩出。後之明清，亦效其考試任用制度，而忠厚待士，遠不相逮，此所以相形之下，文化與文學之成就，明清迥不如宋。

凡觀察某一時代文化之隆替，最顯著者，莫如詩歌。而詞則爲詩之變體。世之言者：多謂楚騷漢文，唐詩宋詞，元曲清賦。似乎宋詩較遜於唐，而詞則曠絕今古。後之妄人，且尊唐黜宋，將宋人集覆瓿糊壁，棄之唯恐不盡。不知一時代有一時代之風格與體裁，宋詩之能不同於唐詩，卽爲其特色。蓋非有大家名作，不能開創一新局也。

宋自趙匡胤建國，至靖康之變而君俘國辱。江淮以北，爲金所有。其間歷時一百六十五年。（公元九六〇——一一二六年）趙構偏安江南，史稱南宋，歷時一百五十年。（公元一一二七——一二七六年）宋朝宮廷之中，若有宴會，例爲賞花、賦詩、釣魚。朝野視賦詩爲樂事。故在此三百餘年中，學士才人，吟詠唱和，詩篇之多，遂過於漢唐。各名家別集，汗牛充棟，吾人卽窮年累月，亦無法盡讀。而以言選集，則明李蓘曾編宋藝圃集二十二卷，列二百八十八人。清呂留良、吳之振編宋詩鈔，多達一百六卷。陳焯又編宋元詩會一百卷。而後有具名宋陳思編之兩宋名賢小集，起自楊億，終於潘音，計一百五十七人。有魏了翁序。然或謂此書乃清朱竹坨所編集之宋詩，後之刊印者託名爲陳思。凡此各種選輯之宋詩集，皆尙僅錄宋人各別集中之一部分，亦已繁富夥頤，分量甚重。至於宋人詞集，則如毛晉選編六十家，朱祖謀彊村叢書，輯錄一百二十八家。此外尙有多種詞選，如宋人羣雅集、詞林萬選、詞綜等，取捨各有所見，亦復多不可計。惟詞與詩之風格韻調，似同而實不同。本文試評宋詩，對宋詞自當另作試評，以免纏夾。至於對宋詩之私見，則不敢效

者確亦不少也。明人之輕譏，亦不欲效淸季人之過譽，因宋詩昌盛若此，其中精雅華妙者固多，淺率浮俗

二、宋詩初源自西崑

唐詩之盛，焜耀一代。比至晚唐，溫李出而極綺麗之變。繼之者轉爲惻艷，或蕭疏狂野。韓渥、司空圖、曹唐、杜荀鶴、羅隱、羅虬等，皆有其情調，而去正宗日遠。五代數十年中，兵戈擾攘，全國中僅西蜀、南唐、兩浙，比較安定，才人名士，歸之者衆，乃竟吟詠衰而倚聲盛，西蜀韋莊之浣花集，江南馮延巳之陽春集，以及尊前、花間、花庵各集，上翼李氏二主，後啓歐晏，詞人之盛，過於詩家，後人雖輯有全五代詩，而中多柔靡哀愴之音，皆未能上紹唐風，更不能別開生面。卽艷曼如和凝之香奩集，曠疎如貫休之禪月集，亦祇可別備一格而已。

宋興以後，詩文分兩派，一沿唐四六駢偶之習，以典重贍麗爲則。一承五代粗獷之風，以奔放強悍是尙。惟因兵戈漸息，世方返治，朝野漸趨向於雍容典雅，於是前一派之文人楊億、劉筠、錢惟演等，遂與翰苑中之李宗諤、丁謂等彼此酬唱，力剗五代舊習，而效溫庭筠、李商隱、段成式之細潤綺麗，以歌頌昇平，西崑詩派，宋初遂盛極一時。胡宿、晏殊、宋郊、宋祁、張詠等皆宗之。其間稍稍立異者，一派爲九僧，所作宗晚唐、寇準、王

珪等同之。一派爲王禹偁、徐鉉、徐鍇等，所作多學香山，羣尙眞率。此外能灑然獨立，以清新飄逸，平淡雋永，開宋詩秀雅之先驅者，則有一隱士魏野林逋。然宋初之詩，尙華美者較多。因西崑與晚唐，可分亦可以不分也。

錢惟演詩云：『雪意未成雲着地，秋聲不斷雁連天』。與劉筠之『雨勢宮城濶，秋聲禁樹多』。皆工於鍊句鍊字。不礙其爲西崑體。至若一般附和之徒，竊義山之風貌，而乏眞意名句，自不免爲識者所病。故歐公起，力矯崑體。蓋欲作者自出新意，不事模擬耳。

宋初詩人摹擬西崑體之失敗，爲做作過甚，力求字面華麗，對仗工整。又好炫新奇，多用故事，反致語僻意晦。如楊大年詠新蟬詩中，「風來玉宇烏先覺。露下金莖鶴未知」，試問「烏」字究何用意？與蟬何干？

玆錄西崑酬唱集中之佳者四首，及宋初期諸公詩數首如次：

南朝　楊億

五鼓端門漏滴稀，夜籤聲斷翠華飛，繁星曉埭聞鷄度，細雨春場射雉歸，步試金蓮波渺襪，歌翻玉樹涙沾衣，龍蟠王氣終三百，猶得澄瀾對敞扉。

前題　錢惟演

結綺臨春映夕霏，景陽鐘動曙星稀，潘妃寶釧光如畫，江令花牋落似飛，舴艋臨波朱火渡，觚稜拂漢紫烟微，自從飲馬秦淮水，蜀柳無因對殿幃。

前題　劉筠

華林酒滿勸長庚，靑漆樓高未稱情，麝壁燈迴偏照晝，雀舫波漲欲浮城，鐘聲但恐嚴粧晚，衣帶那知敵國輕，千古風流佳麗地，盡供哀思與蘭成。

前題　李宗諤

僊華玉壽曉沉沉，三閣齊雲複道深，平昔金鋪空廢苑，於今瓊樹有遺音，珠簾映寢方成夢，麝壁飄香未稱心，惆悵雷塘都幾日，吟魂醉魄已相尋。

西崑倡和之作，大率如此，不特不能軼出溫李之上，且較溫李爲拙。惟如詠漢武，楊句：「力通西海求龍種，死諱文成食馬肝」。錢句：「立候東溟邀鶴駕，窮兵西極待龍媒」。則勉可比肩。但通篇不稱耳。

三鄉懷古　王珪

淸洛東流去不還，漢唐遺事有無間，廟荒古木連空谷，宮廢春蕪入亂山，南陌絮飛人寂寂，空城花落鳥關關，登臨幾度行人老，又對東風鬢欲斑。

上元觀燈　夏竦

魚龍曼衍六街呈，金鎖通宵啓玉京，冉冉游塵生輦道，遲遲春箭入歌聲，寶坊月皎龍燈淡，紫館風微鶴燄平，宴罷南端天欲曉，迴瞻河漢尙盈盈。

子喬詩尙典麗富艷。王禹玉、韓琦、晏殊等亦同此一派。禹玉之「雪消華月滿仙臺，萬燭當樓寶扇開」。晏殊之「綺席醉吟銷桂酌，玉臺愁作澀銀簧」。韓琦之「輕陰閣雨留天仗，寒色凝春送壽杯」。實皆係應制之臺閣體也。

寒食成判官垂訪　徐　鉉

常年寒食在京華，今歲清明在海涯，遠巷蹋歌深夜月，隔墻吹管數枝花，鴛鸞得路音塵濶，鴻雁分飛道路賒，不是多情成二十，斷無人解訪貧家。

寓意　晏　殊

油碧香車不再逢，峽雲無迹任西東，梨花院落溶溶月，柳絮池塘淡淡風，幾日寂寥傷酒後，一番蕭索禁烟中，魚書欲寄何由達，水遠山遙處處同。

同叔梨花一聯，自謂能寫出富麗氣象，而不言金玉錦繡。他如「笙歌歸院落，燈火下樓臺」與「樓臺側畔楊花過，簾幙中間燕子飛」等句，皆同一景緻。

江南春二首　寇　準

波渺渺，柳依依，孤村芳草合，斜日杏花飛，江南春盡離腸斷，蘋滿汀洲人未歸。

杳杳烟波隔千里，白蘋香散東風起，日落汀洲一望時，愁情不斷如春水。

寇公有「野水無人渡，孤舟盡日橫」句，人謂警策，實則僅富野趣，尚不如「野渡無人舟自橫」一句爲簡捷了當也。

長安道中　宋　祁景文

三輔古風烟，征驂悵未前，山園蓬顆外，宮室黍離邊，樹老經唐日，碑殘刻漢年，便須眞隕涕，不待雍門絃。

小宋喜學西崑體，然如此詩，則類工部。

寄子京　　宋　郊

八年三郡駕朱輪，更忝鴻樞對國鈞，老去師丹多忘事，少來之武不如人，車中顧馬空能數，海上逢鷗想見親，唯有弟兄親隱者，共將耕鑿報堯仁。

二宋詠落花詩：大宋云：「漢臯佩冷臨江失，金谷樓空到地香」。小宋云：「將飛更作迴風舞，已落猶存半面粧」。皆風骨秀重。惟如大宋此詩，實乏韻致，因中有宰相口吻也。

清　明　　王禹偁元之

無花無酒過清明，興味蕭然似野僧，昨日鄰家乞新火，曉窗分與讀書燈。

春日雜興　　前　人

兩株桃杏映籬斜，裝點商州副使家，何事春風容不得，和鶯吹折數枝花。

夏日宿西禪　　潘　閬

此地絕炎蒸，深疑到不能，夜涼如有雨，院靜若無僧，枕潤連雲石，牎明照佛燈，浮生多賤骨，時日恐難勝。

此詩漸開宋人清雅一派，故東坡讀而喜之，他詩則多粗獷浮率。

渭上秋夕閑望　前　人

秋夕滿秦川，登臨渭水邊，殘陽初過雨，何樹不鳴蟬，極浦涵秋月，孤帆沒遠烟，漁人空老盡，誰似太公賢。

書友人壁　魏　野

達人輕祿位，居處傍林泉，洗硯魚呑墨，烹茶鶴避烟，閒惟歌聖代，老不恨流年，靜想閒來者，還應我最偏。

小隱自題　林　逋和靖

竹樹遶吾廬，情深趣有餘，鶴閒臨水久，蜂懶得花疎，酒病妨開卷，春陰入荷鋤，嘗憐古圖畫，多半寫樵漁。

秋日湖西晚歸　前　人

水痕秋落蟹螯肥，閒過黃公酒舍歸。魚覺船行沉草岸，犬聞人語出柴扉，蒼山半帶寒雲重，丹葉疏分夕照微，卻憶青溪謝太傅，當時未解惜蓑衣。

梅　花　前　人

衆芳搖落獨鮮妍，占斷風情向小園，疏影橫斜水清淺，暗香浮動月黃昏，霜禽欲下先偷眼，粉蝶始知欲斷魂，幸有微吟可相狎，不須檀板共金樽。

和靖詠梅之作，山谷謂：「雪後園林纔半樹，水邊籬落忽橫枝」一聯，實較疏影一聯爲佳。其他詩如「夕寒山翠重，秋聲鳥行疎」。「橋橫水木已秋色，樹倚雲峰更晚晴」。「烟含晚樹人家遠，雨溼春蒲燕子低」。蔡寬夫亦稱爲警絕。

山行　　滕白

馬頭閒覺入從容，疊嶂淸秋度百重，長見孤雲能作雨，未應片水不藏龍，花村幾處連修竹，澗石誰家倚瘦松，本若無心許明代，好尋巢許此韜蹤。

三、歐陽蘇梅始創新格

歐陽修以文名掩其詩，又以詞名掩其詩。然其所作諸什，如春服既成，春酒既釃，登山臨水，竟日忘歸，極溫潤敷愉之致，爰開宋詩之新境界。歐公自稱其明妃曲，可以比肩太白子美。後人亦無異辭。而梅聖俞（堯臣）之詩，以古健奇秀勝。蘇舜欽之詩，以豪雋雄傑勝。皆能開一代之面目。歐公以昌黎自喻，而比梅爲孟郊，蘇爲張籍，實則梅近於張孟，蘇則風格近於高岑。人謂佐翼歐公以變詩體者，堯臣之功爲多，惟蘇梅齊名，六一門下，不可無蘇子美耳。茲錄三公及同時人之詩若干首如次，以覘其或同或不同之風格。

宿雲夢館　　歐陽修

北雁來時歲欲昏，私書歸夢杳難分，井梧葉落池荷盡，一夜西窗雨不聞。

明妃曲和王介甫作　前　人

胡人以鞍馬爲家，射獵爲俗，泉甘草美無常處，鳥驚獸駭爭馳逐，誰將漢女嫁胡兒，風沙無情面如玉，身行不遇中國人，馬上自作思歸曲，推手爲琵却手琶，胡人共聽亦咨嗟，玉顏流落死天涯，琵琶卻傳來漢家，漢宮爭按新聲譜，遺恨更深聲更苦，纖纖女手生洞房，學得琵琶不下堂，不識黃雲出塞路，豈知此聲能斷腸。

再和明妃曲　前　人

漢宮有佳女，天子初未識，一朝隨漢使，遠嫁單于國，絕色天下無，一失難再得，雖能殺畫工，於事竟何益，耳目所及尙如此，萬里安能制夷狄。漢計誠已拙，女色難自誇，明妃去時淚，灑向枝上花，狂風日暮起，飄泊落誰家，紅顏勝人多薄命，莫怨東風當自嗟。

歐公自詡此二詩，謂李杜有所不能。而漁洋則謂議論近腐。譏落言詮。論詩之難如此。歐公詩如「西風酒旗市，細雨菊花天」。「殘雪壓枝猶有橘。冬雷驚筍欲抽芽。」皆自有情趣。「都將二十四橋月，換得西湖十頃秋」。有不盡之意。「翰林風月三千首，吏部文章二百年」。則似開江西一派。

金山行　郭祥正

金山杳在滄溟中，雪崖冰柱浮仙宮，乾坤扶持自今古，日月髣髴纒西東，我泛靈槎出塵世，搜索異境窺神工，一朝登臨重歎息，四時想像何其雄，捲簾夜閣掛北斗，大鯨駕浪吹長空，舟摧岸斷豈足數，往往霹靂搥蛟龍，寒蟾八月蕩瑶海，秋光上下磨青銅，鳥飛不盡暮天碧，漁歌忽斷蘆花風，蓬萊久聞未曾往，壯觀絕致遙應同，潮生潮落夜還曉，物與數會誰能窮，百年形影浪自苦，便欲此地安微躬，白雲南來入遠望，又起歸興隨征鴻。

郭功父「鳥飛不盡暮天碧，漁歌不斷蘆花風」。極爲荆公所賞。梅聖俞亦贈詩稱之爲謫仙。而東坡則不許之，謂「祇有三分」，何也?

金陵　　梅聖俞

恃險不能久，六朝今已亡，山形像龍虎，宮地牧牛羊，江上鷗無數，城中草自長，臨流邀月飲，莫掛一毫芒。

東溪　　前人

行到東溪看水時，坐臨孤嶼發船遲，野鳧眠岸有閒意，老樹着花無醜枝，短短蒲茸齊如剪，平平沙石淨於篩，情雖不厭住不得，薄暮歸來車馬疲。

瀛奎律髓中所選詩，求新求生。紀曉嵐繩之以唐人格調。十之八九，皆言不佳。即歐陽蘇黃之作，亦多予以惡評。乃於此詩，批爲「此乃名下無虛」。嚴格言之，此詩三四確係名句，餘亦平平。惟全首穩順，末二語用拗體，略似昌黎，紀之所喜，或在於是。

有觀　梅聖俞

來恨我馬遲，去恨我馬疾，馬蹄塵作雲，已隔粲然質，時時顧且遙，亂緒如有失。

聖俞詩尙精鍊，如春陰云：「鳩鳴桑葉吐，村暗杏花殘」。闈內較藝云：「萬蟻戰酣春日永，五星明聚夜堂深」。杜鵑云：「月樹啼方急，山房人未眠」。宜爲歐公所稱。

絕句　蘇舜欽子美

春陰垂野草青青，時有幽花一樹明，晚泊孤舟古寺下，滿川風雨看潮生。

山谷愛此詩，類書眞草或大字。至如「笠澤鱸肥人膾玉，洞庭橘熟客分金」。則不免有刻畫湊泊之痕。

春睡　前人

別院簾昏捲竹扉，朝醒未解接春暉，身如蟬蛻一榻上，夢逐楊花千里飛，嗒爾暫能離世網，陶然直欲見天機，此中有德堪爲頌，絕勝人間較是非。

平陽會中代意　石曼卿

十年一夢花空委，依舊山河換桃李，雁聲北去燕西飛，高樓日日春風裏，眉背石州山對起，嬌波亂落粧如洗，汾河不斷天南流，天色無情淡似水。

曼卿與歐公友好，詩格甚高，可與歐梅分席。如「樂意相關禽對語，生香不斷樹交花」。如籌筆驛之「意中流水遠，愁外舊山青」。人謂非食人間烟火者所能道。

贈釣者　范仲淹

江上往來人，盡愛鱸魚美，君看一葉舟，出沒風濤裏。

游湖上昭慶寺　陳堯佐

湖邊山影裏，靜景與僧分，一榻坐臨水，片心閒對雲，樹寒時落葉，鷗散忽成羣，莫問紅塵事，林間肯暫聞。

堯佐詩極有丰韻。其「西風斜日鱸魚鄉」一絕，尤噲炙人口。科第年齡，早於歐公。而詩則清潤朗逸，與歐公格調相似。

與歐公前後相望之九僧，所吟詩皆好。希晝之「微陽生遠道，殘雪下中宵」。保暹之「深院無人語，長松滴雨聲」。文兆之「一徑杉松老，三更雨雪深」。行肇之「嵩遊忘楚夢，華近識秦音」。簡長之「振錫林烟斷，添瓶澗月分」。惟鳳之「秋聲落晚木，夜魄透寒衣」。惠崇之「注瓶沙井遠，鳴磬雪房深」。宇昭之「餘花留暮蝶，幽草戀斜陽」。懷古之「杖屨苔痕上，香燈樹影間」。皆於靜寂之中，推敲而成，宋詩之由穠艷而入清雅，由粗野而入精微，九僧之功不少。

四、擊壤派及其支流

當宋詩日趨清麗雅美之時，天下承平日久，汴洛各地，理學興起，此時忽有邵雍（堯夫）之擊壤一派，邵子以儒語俚語入詩，極冲夷平淡之致，較諸香山詩老嫗都解，更爲通俗。如『頭上花枝照酒卮。酒卮中有好花枝，身經兩世太平日，眼見四朝全盛時，況復筋骸粗康健。那堪時節正芳菲。酒涵花影紅光溜。爭忍花前不醉歸。』一詩，不免有人譏其太俚。惟理學諸儒，重心心性理，菲薄詞藻文采，多喜效之。後世謂理學家少詩人，即因受此影響。推康節先生之意，名其詩曰伊川擊壤集，意卽爲田夫野老，擊壤而歌，鑿井耕田，何有帝力。乃係自適之天籟，並非文苑之著作。故擊壤派之詩，任何人於登山臨水，歡欣舒樂時，亦不妨一作，以自得其樂。若完全則傚，自不免近於粗俚，若再以「帝云」「子曰」「生機」「大道」等入詩，更同於語錄。千家詩中第一首程灝所作之『雲淡風輕近午天，傍花隨柳過前川，時人不識予心樂，將謂偷閒學少年。』意在規模孔子之「浴於沂，詠而歸」之舒適氣象，但畢竟祇可供小兒讀也。

玆錄一二首於後，以備一格。

遊龍潭　邵雍

一潭冷沒崖根黑，數峰高入雲霄碧，遊人屏息不敢言，長恐雷霆奮於側，水邊靜坐天將暮，猶自盤桓未成去，馬上回頭更一觀，雲烟已隔無重數。

此詩雖有道學意味，而風格甚佳。

和堯夫打乖吟　程明道

打乖無非要安身，道大方能混世塵，陋巷一生顏氏樂，清風千古伯夷貧，客求易妙多携卷，天爲詩豪剩借春，儘把笑談親俗子，德容猶足畏鄉人。（此詩卽拙腐不合詩格。）宋儒之擊壤派作風，多理足而詞不入格。如「道通天地有形外，思入風雲變態中」。「入門明月眞堪友，滿榻清風不用錢」。「獨爲斯文囘一顧，坐令吾道重千鈞」等。作爲話頭則可，若視爲詩句，不免使人生拙腐夸大之反感。惟如張栻之「律囘歲晚冰霜少，春到人間草木知」。雖有道學氣，亦尙不失爲好句。

五、蘇子瞻開拓宋詩境界

宋自有歐陽修而詩道大昌。至蘇軾、王安石、黃魯直、陳師道出而宋詩開創新格，進入鼎盛時期。自宋初至是，歷時亦已百餘年矣。

以才力言：古今推許爲百代之雄者，莫如東坡。良以其文章詩歌，詞賦翰墨，以至於小品筆札，無一不神妙異常，如行雲流水，奇花瑤草，使人讀之欣然忘倦，可賞可珍。以言其詩，本近於陶公白傅，而宏博過之。抑且典麗、高古、剛健、纏綿、無體不備。雖因才廣，信口成章，時復以文入詩，卽山谷亦曾疑其詩法，然蘇詩能法超象法，如李廣行軍，自中律度，此洵天授，非恒人所能及也。

蘇詩如李亦如杜，但神化無迹，故卓然自成大家，不傍任何人門戶。不過蘇詩造語，易者極易學，難者則不易幾及，後人多喜學其易而不學其難。能傳心法者絕少。卽蘇門諸君子如秦少遊、張子野，詩名皆爲詞所掩。張耒、晁無咎，詩名爲文所掩。文同、米芾、蔡襄，則詩名又爲書畫所掩。而此諸君子之詩，又各有風格，蘇公更不喜以詩格相繩，強人同己。卽其弟子由、子蘇過，以及從遊之門生方外，亦復各從其性之所好，蘇門廣大，不如黃陳江西詩派之傳衣缽，此蘇詩之所以流傳而不成派也。

蘇詩不受繩墨，別出新意，而不生硬。如「若把西湖比西子。淡粧濃抹也相宜」。「不識廬山眞面目，祇緣身在此山中。」「杳杳長天鶻沒處，靑山一髮是中原」。「此生此夜不長好，明日明年何處看」。「未能小隱聊中隱，可得長閒勝暫閒」。「報道先生春睡美，道人輕打五更鐘」等句，皆看似極易，而他人無法寫出。至於長篇大章，波瀾橫濶，視他人勉力湊泊而不足，此老遊刃若有餘者，更無論已！

東波詩甚多，後之陸放翁、范石湖，亦復相埒。然陸范等詩有重複者多聯，意似者多句。坡詩則無此病。因學博、才高、思廣、識遠、見多，具此五長，遂語皆獨造，此其不可及也。

坡公所存詩，讀者甚多。本不必錄。茲錄各體詩數首，聊以嘗大海之點滴。同時亦錄蘇門諸君子及同時諸人之詩若干首。以覘各人之作風。

絕句　　蘇軾

竹外桃花三兩枝，春江水暖鴨先知，蔞蒿滿地蘆芽短，正是河豚欲上時。

武昌西山　前　人

春江渌漲蒲萄醅，武昌官柳知誰栽，憶從樊口載春酒，步上西山尋野梅，西山一上十五里，風駕兩翼飛崔嵬，同遊困臥九曲嶺，褰衣獨到吳王臺，中原北望在何許，但見落日低黃埃，歸來解劍亭前路，蒼崖半入雲濤堆，浪翁醉處今尚在，石臼拓飲無罇罍。爾來古意誰復嗣，公有妙語留山隈，至今好事除草棘，常恐野火燒蒼苔，當時相望不可見，玉堂正對金鑾開，豈知白首同夜直，臥看椽燭高花摧，江邊曉夢忽驚斷，銅環玉鎖鳴春雷，山人帳空猿鶴怨，江湖水生鴻雁來，請公作詩寄父老，往和萬壑松風哀。

湖　上五首之三　前　人

黑雲翻墨未遮山，白雨跳珠亂入船，卷地風來忽吹散，望湖樓下水如天。

放生魚鱉逐人來，無主荷花到處開，水枕能令山俯仰，風船解與月徘徊。

採花游女木蘭橈，細雨斜風溼翠翹，無限芳洲生杜若，吳兒不識楚辭招。

虎跑泉　前　人

紫籐黃瓜村路香，烏紗白袷道輿長，尋碑古寺松陰轉，倚枕松軒鶴夢長，因病得閒殊不惡，安心是藥更無方，道人不惜階前水，借與甕瓢自在嘗。

與王慶源　前　人

青衫半作霜葉枯，遇民如兒吏如奴，吏民莫作官長看，我是識字耕田夫，妻啼兒號刺史怒，時有野人來挽鬚，拂衣自注下下考，芋魁豆飯吾豈無。

遊飛英寺　前　人

微雨止還作，小窗幽更姸，盆山不見日，草木自蒼然。

夜渡海　前　人

寥寥四語，而江南初夏之景，悄然在目。悟此者方可以言蘇詩。

參橫斗轉欲三更，苦雨終風皆解晴，雲散月明誰點綴，天容海色本澄淸，空餘魯叟乘桴意，粗識軒轅奏樂聲，九死南荒吾不恨，玆遊奇絕冠平生。

微雪懷子由二首　前　人

岐陽九月天微雪，已作蕭條歲暮心，短日送寒砧杵急，冷官無事屋廬深，愁腸別後能消酒，白髮秋來已上簪，近買貂裘堪出塞，忽思乘傳向西琛。

江上同舟詩滿篋，鄭西分馬涕垂膺，未成報國慚書劍，豈不懷歸畏友朋，官舍度秋驚歲晚，寺樓見雪與誰登，遙知讀易東窗下，車馬敲門定不譍。

和太白紫極宮感秋　前　人

寄臥虛寂堂，月明浸疎竹，冷然洗我心，欲飮不可掬。

遺錢穆父乞米　秦　觀少遊

三年京國鬢如絲，又見新花發故枝，日典春衣非爲酒，家貧食粥已多時。

題扇　　前　人

月團新碾瀹花瓷，飲罷呼兒課楚詞，風定小軒無落葉，青蟲相對吐秋絲。

少游詩：「雨砌墮色芳。風軒納飛絮」。人以爲佳，究不如其詞「斜陽外，寒鴉數點，流水遶孤村」也。

有贈（二首錄一）　　張　耒文潛

未識蝤蠐如素領，固應新月學蛾眉，引成密約因言笑，認得眞情是別離，尊酒且傾濃琥珀。淚痕更著舊胭脂，北城月落烏啼夜，便是孤舟腸斷時。

文潛詩如「蝶衣晒粉花枝午，蛛網添絲屋角晴」。實開放翁之劍南工細一派。「川明半夜雨，臥冷五更秋」。則極似賈島。

玉峯園避暑值雨　　文　同

南國避中伏，意適晚忘歸，牆外谷雲起，簷前山雨飛，與餘思秉燭，坐久欲添衣，爲愛東喦下，泉聲通翠微。

清江曲　　蘇　庠

屬玉雙飛水滿塘，菰蒲深處浴鴛鴦，白蘋滿棹歸來晚，秋着蘆花一片霜，扁舟繫岸依林樾，蕭蕭兩鬢吹華髮，萬里不理醉復醒，長占烟波弄明月。

東坡稱之曰：若置於太白集中，誰疑其非。

潤州　僧仲殊

北固樓前一笛風，斷雲飛出建昌宮，江南二月多芳草，春在濛濛細雨中。

打毬圖　晁無咎

閶闔千門萬戶開，三郎沉醉打毬回，九齡已老韓休死，無復明朝諫疏來。

遊金山回　楊公濟

試上蓬萊第幾洲，長雲漠漠鳥飛愁，海山亂點當軒出，江水中分繞檻流，天遠樓臺橫北固，夜深燈火見揚州，廻船卻望金陵月。獨倚牙旗坐浪頭。

金陵懷古　劉攽

虎踞羣山帶繞江，爲誰興國爲誰降，高臺麋鹿看無數，廢苑鳧鷖去自雙，萬事朝雲隨流水，百年西日照虛窗，白門酒美東風快。笑數英雄酒一缸。

此係貢父和荊公之作，今日讀之，百感交橫。

過鄴中　劉屏山

逐鹿營營一夢驚，事隨流水去無聲，黃沙日傍荒臺落，綠樹人穿廢苑行，遺恨分香留晚節，勝遊飛蓋想高情。我來不暇論興廢。一點西山入眼明。

五六句總覺有湊泊之跡。

九月十日　蘇轍

酒經重九尙殘卮，雨送初寒問篋衣，養氣安閒眞得計，讀書勤苦已知非，漫存講說傳家學，深謝交遊絕世譏，築室未成眞自笑，何如茅屋對柴扉。

觀山茶　王安中

山僧手種兩山茶，看到婆娑鬢已華，應爲客懷驚歲杪，先將春色照天涯，綠裁犀甲層層葉，紅染猩脣艷艷花，凍頰如丹相映渥，不辭衝雨踏泥沙。

初寮之詩賦皆學東坡。

六、黃山谷振起宋詩骨格

黃魯直之詩，本宗杜甫，而格調特高。與東坡作風迥然不同。蘇開曠逸自然之風。黃則振精卓。矯奇之氣。在當時學蘇者幾遍於天下，然末流成爲浮率。黃之江西一派，則因有陳師道（后山）以靈峭、雄奇、高健、排奡之風，相互羽翼，遂法乳流傳，成爲江西詩派不祧之宗。厥後呂本中、曾幾、潘大臨、洪炎、洪芻、韓駒、晁沖之等二十五人繼之，而陳與義（簡齋）之清峭，蔚爲南渡詩壇之祭酒。故江西詩派在南宋而大盛，雖至明代被抑，而至清季又盛。迄今能詩者尙多守江西家法，創一祖（杜甫）三宗（山谷、后山、簡齋）

之說。因此派以語必驚人，不落窠臼，鎔經鑄史，博雅精麗爲軌則。故遵由此道者，可以矯庸俗淺薄輕率浮濫之弊。至於善學者得其高格，不善學者反得其粗豪或澀苦，蘇公曾謂黃詩如食蝤蛑，江瑤柱，格韻高絕，盤飧盡廢，然食太多則發風動氣，亦至言也。

茲錄黃陳及江西詩派中若干人詩如後。

絕句　黃山谷

有人夜半持山去，頓覺浮嵐暖翠空，試問安排華屋處，何如零落亂雲中。

王充道送水仙花　前人

凌波仙子生塵襪，水上輕盈步微月，是誰招此斷腸魂，種作寒花寄奇絕，含香體素欲傾城。山礬是弟梅是兄。坐對眞成被花惱。出門一笑大江橫。

快閣　前人

癡兒了卻公家事，快閣東西倚晚晴，落木千章天遠大，澄江一道月分明，朱絃已爲佳人絕，青眼聊因美酒橫，萬里歸舟弄長笛，此心吾與白鷗盟。

簡履中南玉　前人

鎖江亭上一樽酒，山自白雲江自橫，李侯短褐有長處，不與俗物同條生，經術貂蟬續狗尾，文章瓦釜作雷鳴，古來寒士但守節，夜夜抱關聽五更。

山谷詩：「螘穴或夢封侯王，蜂房如自開戶牖」。「桃李春風一杯酒，江湖夜雨十年燈」。及「黃塵不解涴明月。碧樹爲我生涼秋」。「雷驚天地龍蛇蟄。雨足郊原草木柔」。的確格韻高絕，且亦從未經人道過。然不如「客行萬里半天下，僧臥一庵初白頭」爲有情致也。

絕句　　陳師道后山

書當快意讀易盡，客有可人期不來，世事相違每如此，好懷百歲幾時開。

寄外舅　　前人

巴蜀通歸使，妻孥且定居，深知報消息，不忍問何如，身健何妨遠，情親未肯疏。功名歎老病，淚盡數行書。

登快哉亭　　前人

城與清江曲，泉流亂石間，夕陽初隱地，暮靄已依山，度鳥欲何向，奔雲亦自閒，登臨興不盡，稚子故須還。

早起　　前人

鄰雞接響作三鳴，殘點連聲殺五更，寒氣挾霜侵敗絮，賓鴻將子度微明，有家無食惟高枕，百巧千窮只短檠，翰墨日疎身日遠，世間安得有虛名。

東坡憶后山詩云：「正字不知溫飽未」。讀其詩較郊寒島瘦，更爲清勁。宜其窮矣。

後湖晚出　　前人

水淨偏明眼，城荒可當山，青林無盡意，白鳥有餘閒，身致江湖上，名成伯季間，目隨歸雁盡，坐待暮鴉還。

秋後竹夫人　呂居仁

與君夙昔尚同牀，正坐西風一夜涼，便學短檠墻角棄，不如團扇篋中藏，人情易變乃如此，世事多虞祇自傷，卻笑班姬與陳后，一生辛苦望專房。

紀河間譏居仁之詩淺滑，可謂的評。乃有盛名，洵可異也。

遊寒岩釣磯　路德章

竹裏茅茨竹外溪，粼粼白石護漁磯，想應日日來垂釣，石上簑衣不帶歸。

梅花　黃穀城

玉簫吹澈北樓寒，野月峥嶸動萬山，一夜霜淸不成夢，起來春寒滿人間。

九日　江鄰幾

萬里江河隔，傷心九日來，蓬驚秋日後，菊換故園開，楚欲圖周鼎，湯猶繫夏臺，東籬那一醉。塵爵耻虛罍。

冬日　韓子蒼

北風吹日晝多陰，日暮擁堦黃葉深，倦鵲遶枝翻凍影，飛鴻摩月墮孤音，推愁不去如相覓，與老無期稍見侵，顧藉微官少年時，病來那復一分心。

寄隱士　謝　逸

處士骨相不封侯，卜居但得林塘幽，家藏玉唾幾千卷，手校韋編三十秋，相知四海孰青眼，高臥一庵今白頭，襄陽耆舊節獨苦，只有龐公不入州。

江　間　潘大臨

波浪三山口，風雲八字山，斷崖東北際，虛艇有無間，臥柳堆生岸，跳魚水擣灣，悠然小軒晁，幽興滿鄉關。

江西派中，潘之名頗高。然如此詩，未見其佳。不如滿城風「雨近重陽」一句爲可傳也。

九日懷舍弟（時貶惠州）　唐　庚子西

重陽陶令節，單閼賈生年，秋色蒼梧外，衰顏紫菊前，登高知地盡，引滿覺天旋，去歲京城雨，茱萸對惠連。

感梅憶王立之　晁沖之

王子已仙去，梅花空自新，江山餘此物，海岱失斯人，賓客他鄉老，園林幾度春，城南載酒地，生死一沾巾。

嶺　梅　曾　幾

蠻煙無處洗，梅蕋不勝淸，顧我已頭白，見渠猶眼明，折來知韻勝，落去得愁生，坐入江南夢，園林雪正晴。

茶山此詩，淸有餘，惜無新意。

上元宿嶽麓寺　　洪　覺　範

上元獨宿寒岩寺，臥看篝燈映絳紗，夜久雪猿啼嶽頂，夢回明月上梅花，十分春瘦緣何事。一掬鄉心未到家。卻憶少年閒樂處。軟紅香霧噴（蹋）京華。

七、王荊公創宋詩之華妙

以宋詩前期言、至蘇黃而格立，已可與唐詩抗衡。然其間另有一卓越之大家，厥爲王安石。

荊公之年歲科甲，較長於蘇黃，抑且功名鼎盛，爲時名相。其詞章本應爲勳業所掩。然「霜筠雪竹鍾山寺，投老歸歟寄此生」。晚年歸隱定林後之詩，精深華妙，別開一格。如『月映林塘靜，風涵笑語凉，俯窺憐淨綠，小立佇幽香，攜幼尋新的？扶衰上野航，延緣久未已，歲晚惜流光。』一詩，自以比謝靈運，人亦謂然。又如「細數落花因坐久，緩尋芳草得歸遲」。『荒埭暗鷄催月曉，空場老雉挾春驕』。『春風又綠江南岸，明月何時照我還』等句，以及擬寒山子各詩，皆高邁絕倫，得味外味。人須悟其詠梅『遙知不是雪，爲有暗香來』之筆法，方可學步。此所以蘇黃之徒，亦多不敢比附。自宋迄今，能繼半山詩者，幾無其人。卽在當時，荊公所欣賞者爲賀鑄，乃賀之詩名爲詞所掩，而與賀作風類似，彼此齊名之米芾，又爲書畫所掩，故羽翼半山者不多。然如蔡襄、蔡確、鄭獬、王平甫諸人之作，則頗近半山，惟鍊字造句不如耳。

次韻平甫金山會宿　　王安石

天末海雲橫北固，煙中沙岸似西興，已無船舫猶聞笛，遠有樓臺祇見燈，山月入松金破碎，江風吹水雪崩騰，飄然欲作乘桴計，一到扶桑恨未能。

半山春晚卽事　　前人

春風取花去，酬我以清陰，翳翳陂塘靜，交交園屋深，牀敷每小息，杖屨或幽尋，惟有北山鳥，經過遺好音。

水際　　前人

水際柴門一半開，小橋分路入青苔，背人照影無窮柳，隔屋吹香併是梅。

小詩四首　　前人

南浦隨花去，回舟路已迷，暗香無覓處，日落畫橋西。

蒲葉清淺水，杏花和暖風，地偏緣底綠，人老爲誰紅。

愛此江邊好，留連到日斜，眠分黃犢草，坐占白鷗沙。

日淨山如染，風暄草欲薰，梅殘數點雪，麥漲一川雲。

山谷謂觀此數詩，眞可使人一唱三歎。而葉夢得則稱公晚年詩律精嚴，如「含風鴨綠鱗鱗起，弄日鵝黃裊裊垂」。「青山捫虱坐，黃鳥挾書眠」等句，皆用意高妙，而造語用句間不容髮。又六言詩頗不易作，荊公題金牛洞云：「水冷冷而北去，山靡靡以旁圍，欲窮源而不得，竟悵望以空歸」。可謂極冷峭之致。而如蘇子瞻所稱之一首，則爲「楊柳鳴蜩綠暗，荷花落日紅酣，三十六陂煙水，白頭夢到江南」。眞曼妙獨絕也。

寄程公闢　　鄭獬毅夫

念昔都門手一攜，春禽幾向苧蘿啼，夢囘金殿風光別，吟到銀河月影低，舞急錦腰迎十八，酒酣金盞照東西，何時得遂扁舟去，雪棹同君泛剡溪。

秦淮夜泊　　賀鑄方囘

官柳動春條，秦淮生暮潮，樓臺見新月，燈火上雙橋，隔岸開朱箔，臨風弄紫簫，誰憐遠遊子，心旆正搖搖。

題定林寺　　前人

破冰泉脈漱籬根，壞衲遙疑掛樹猿，蠟屐舊痕尋不見，東風先爲我開門。

上巳泊龜山　　前人

薄暮東風不滿帆，遲遲未忍去淮南，故園猶在北院北，佳節可憐三月三，蘭葉自供游女佩，芸編聊對故人談，洛橋車騎相望客，曾爲吳兒幾許慚。

杭州呈勝之　　王平甫

遊觀須知此地佳，紛紛人物敵京華，林巒臘雪千家水，城郭春風二月花，彩舫笙歌吹落日，畫樓燈燭映殘霞，如君援筆宜摹寫。付與塵埃北客誇。

安國詩似其兄，此詩曾入荆公集中，不易辨也。

有約　司馬光

黃梅時節家家雨，青草池塘處處蛙，有約不來過夜半，閒敲棋子落燈花。

溫公論政與荆公相左，而其詩風格華妙，則與荆公相似。

和牡丹向謝之什　蔡襄

幾家園館見千枝，白髮雖多意不衰，香澤最深風靜處，醉紅須在月明時，已知佳節無餘日，更向殘芳盡一巵，擬放春歸還自語，來年老信莫先期。

水亭　蔡確

紙屏石枕竹方床，手倦拋書午夢長，睡起莞然成獨笑，數聲漁笛在滄浪。

悼亡姬　前人

鸚鵡言猶在，琵琶事已非，傷心江漢水，同渡不同歸。

公有妾侍名琵琶，每擊磬，則鸚鵡呼琵琶姐，南行時，琵琶道殂，一日巾帶誤拂擊磬，鸚鵡呼如故，公大感愴成此詩，不久亦卒。

八、南渡後宋詩之復興

南北宋之際，渡江之名作家，葉夢得爲最。葉長於文，亦能詞，而詩不多傳。汪藻亦然，其能傳北宋之詩法者，賴有一陳與義（簡齋）。陳詩係由蘇黃入而善於學杜，逢時之變，所作遂能簡嚴中見雄渾之致，爲名流所重。惟北來老宿，多困於兵戈流徙，時局艱危，人心憤鬱，二三十年中，詩壇相當岑寂。其間如李清照、朱敦儒、周紫芝、辛稼軒等，則皆以詞寄其感慨，卽李綱、趙鼎、洪皓、胡銓亦然。李光、岳飛則皆能詩而所傳不多，比至孝宗時，士氣稍抒，尤袤、陸游、范成大、楊萬里四家興起，宋詩始告復興。

尤袤之詩，僅傳粱谿遺稿二卷，陸游則詩稿達八十五卷之多。范楊之作亦甚繁富。世之論者，謂尤如正人冠冕佩玉，端莊婉雅。陸則沉鬱雄渾如老杜，纏綿悱惻類玉谿。而敍事詠物，有典贍博麗者，亦有雋永淡雅者，可謂衆體皆備，無妙勿臻；范則淸逸自然，溫婉有致，而不落窠臼，允爲田園詩人之祭酒；楊則思健才廣，一官一集，必變一格，周必大稱其掃千軍，倒三峽，穿天心，穿月脅，蓋屬於雄健一流，然小詩則又極富情致。楊之失爲好用俚語入詩，時涉輕佻粗豪。論者遂有「楊太率而陸太熟」之言。同時與誠齋交契者有趙蕃（昌父），其詩與韓淲（澗泉）齊名。因作風力求自然，漸啓江湖一派之漸，尙不如蕭德藻之高古工致，爲有典型也。

茲錄南渡初期諸人詩數首如次：

傷　春　　陳與義簡齋

廟堂無策可平戎，坐使甘泉照夕烽，初怪上都聞戰馬，豈知窮海看飛龍，孤臣白髮三千丈，每歲煙花一萬重，稍喜長沙向延閣，疲兵敢犯犬羊鋒。

渡　江　　前　人

江南非不好，楚客自生哀，搖檝天平渡，迎人樹欲來，雨餘吳岫立，日照海門開，雖異中原險，方隅亦壯哉。

道中寒食　　前　人

斗粟淹吾駕，浮雲笑此生，有詩酬歲月，無夢到功名，客裏逢歸雁，愁邊有亂鶯，楊花不解事，更作倚風輕。

靖康之亂，士大夫流亡南渡，詩多感愴。呂居仁之「後死翻爲累，偷生未有期」。汪藻之「航遷羣廟主，矢及近臣衣」。周莘之「斗柄闌干洞庭野，角聲淒斷岳陽城」。劉屏山之「淮山已隔胡塵斷，汴水猶穿故苑來」。皆沉鬱蒼涼，得風人之旨，於簡齋爲近。

剪燭視去年中秋同醉岳陽樓圖　　前　人

去年中秋洞庭野，寒瑤萬頃兼天瀉，岳陽樓上兩幅巾，月入欄干影瀟灑，世間此影誰能孤，狂如我友人所無，一夢經年無續處，道州還見倚樓圖。

題松風亭二首　康伯可

天涯芳草盡綠，路旁柳絮爭飛，啼鳥一聲春晚，落花滿地人歸。

江上濃陰曉未開，瘦筇支我上蒼苔，春寒前日去已盡，今日又從何處來。

越州道中　李光

晚潮落盡水涓涓，柳老秧齊過禁烟，十里人家鷄犬靜，竹扉斜護掩蠶眠。

題翠微亭　岳飛

頻年塵土浣征衣，特特尋勝上翠微，好水好山看不足，馬蹄催趁月明歸。

靈惠公廟　汪藻

臺殿崇崇冠冢巔，行人跪起白雲邊，山河霸業三千里，歌舞靈衣五百年，鐵馬威神通異域，袞龍書命降中天，偃王遺種班班在，好乞韓碑記邈綿。

寒食　趙鼎

寂寂柴門村落裏，也教插柳紀年華，禁烟不到越人國，上冢亦携龐老家，漢寢唐陵無麥飯，山谿野徑有梨花，一樽竟藉青苔臥，莫管城頭奏暮笳。

桃源人　韓淲澗泉

近城人語雜，深山人語少，重露滴烟嵐，野水見魚鳥，稻粱豐稔外，耕鑿願溫飽，所以桃源人，不與外人道。

哭蔡元定　　趙　蕃章泉

鵑叫春林復遞時，雁回霜月忽傳悲，蘭枯蕙死迷三楚，雨暗雲昏失九疑，早歲力辭公府檄，暮年名與黨人碑，嗚呼季子延陵墓，不待鑱辭行可知。

韓趙二人，時有二泉之譽，筆墨皆蕭然可喜，惟其語間多槎枒，時墮擊壤江湖兩派。讀昌父詩：如「籬落小桃破，階除馴雀多」。時亦認爲名句，尤使人有作詩太易之感。

絕　句二首　　歐陽　鈇伯威

戀樹殘紅溼不飛，楊花雪落水生衣，年來百念成灰冷，無語送春春自歸。

蓬窗臥聽疏疏雨，卻似芭蕉夜半聲，烟浪蔽天天倚蓋，略容一點白鷗明。

已啓宋季江湖一派。

汴京紀事四首　　劉　屛山

空嗟覆鼎誤前朝，骨朽人間罵未消，夜月池臺王傅宅，春風楊柳相公橋。

萬炬銀花錦繡圍，景龍門外軟紅飛，凄涼但有雲頭月，曾照當時步輦歸。

梁園歌舞足風流，美酒如刀解斷愁，憶得少年多樂事，夜深燈火上樊樓。

輦轂繁華事可傷，師師垂老過湖湘，縷衣檀板無顏色，一曲當時動帝王。

此四詩可抵一篇汴京興亡記。

九、放翁不愧爲大家

陸游之詩，本源於江西詩派，而能得其骨格，腴其肌膚。旣遠遊巴蜀關陝，又壽高歷經高孝光寧四朝，所見甚廣，所作又勤。一生有詩三萬餘首，雖間有重出，然名句佳什，光不可掩。以言宋南渡後詩人，放翁允爲大家。尤范楊蕭則爲名家。

放翁之天才不如東坡、山谷。後人以陸比蘇黃，則因其所作穩工雅麗，而能間以高亢，自有特色。亦復精嚴。以詩道言，放翁確係詩人之詩，而非才人之詩。更非名公鉅卿，詩以人重者所能比也。

放翁好言兵，不主和，愛國忠忱，老而彌篤。如「胡塵漠漠連淮潁。淚盡尊前看地圖」。「遺民淚盡胡塵裏，東望王師又一年」。皆至情動人。近人梁任公所謂「詩界千年靡靡風，兵魂銷盡國魂空，集中什九從軍樂，亘古男兒一放翁」。確可當之無愧。抑放翁生平，亦多抑鬱，故其纏綿悱惻之詩，復出色當行。晚歲則更洗鍊工整，詠事詠物，於小見大，無不珠圓玉潤，清新超脫。此所以後人多喜讀劍南詩，卽好譏宋詩者，對放翁亦不敢非。因一比之下，放翁能寫出，後人自命能詩者，卻寫不出也。

宿東林寺　陸游

看盡江湖千萬峯，不嫌雲夢介吾胸，戲招西塞山前月，來聽東林寺裏鐘，遠客豈知今再別。老僧曾記昔相逢，虛窗熟睡誰驚覺，野碓無人夜自舂。

雪夜感舊　　前人

江月亭前樺燭香，龍門閣上馱聲長，亂山古驛經三折，小市孤城宿兩當，晚歲猶思事鞍馬，當時那信老耕桑，綠沉金鏁俱塵委。雪灑寒燈淚數行。

題沈氏園　　前人

楓葉初丹槲葉黃，河陽愁鬢怯新霜，林亭感舊空回首，泉路憑誰說斷腸，壞壁醉題塵漠漠，斷雲幽夢事茫茫。年來忘念消除盡。回向蒲龕一炷香。

入劍門　　前人

衣上征塵雜酒痕。遠游無處不銷魂，此身合是詩人未。細雨騎驢入劍門。

示兒　　前人

死去原知萬事空，但悲不見九州同，王師北定中原日，家祭毋忘告乃翁。

放翁詩繁富，無體不備，無美勿臻。上所錄者，爲俗所傳誦之作。至於其名句，如「重簾不捲留香久，古硯微凹聚墨多」。「委地落花初著雨，穿簾歸燕不生人」等。殆不下數千聯。

三月十九夜極冷　　范成大

誰勒餘寒不放回，春寒猶煖地爐灰，鄉心忽向燈前動，夜雨先從竹裏來，鵾鴂已如鶯百囀，酴醾那復雪千堆，調糜煮藥東風老，慚愧茶甌與酒杯。

田家　前人

晝出耘田夜績痲，村莊兒女各當家，童孫未解供耕織，也傍桑陰學種瓜。

金溪道中　楊萬里

野花垂路止人行，田水偏尋缺處鳴，近浦人家隨曲折，揷秧天氣半陰晴。

送友　前人

半世行天下，同心寡友生，故人今又去，此意向誰傾，白髮三更語，靑燈一點明，看渠還玉署。老我正歸耕。

萬里詩：如「黃帽朱崖飽烟雨。白頭紫禁判鶯花」。「市聲先曉動，窗月傍人斜」。「官縛春無分，鬢疏雪更欺」。「故人南北音書少，野渡東西芳草多」。「如何寒食近，無數野花開」等，皆有獨到之處。人若欣賞其「坐又坐不得，眠不眠未成」等俚句，則大誤矣。

醉歸　前人

月在荔支梢上，人行荳蔻花間，但覺胸呑碧海，不知身落南蠻。

雪　尤袤延之

睡覺不知雪，但驚窗戶明，飛花厚一尺，和月照三更，草木淺深白，邱塍高下平。饑民莫咨怨，第一念邊兵。

飲岳陽樓作書　　姜光彥

岳陽樓高幾千尺，俯視洞庭方酒酣，萬頃波光天上下，兩山秋色月東南，與來鸞鵠隨行草，夜永魚龍駭笑談，我欲煩公釣鰲手，盡移雲水到松庵。

光彥不以詩名，而詩絕佳。簡齋集中，亦有此題，當係同時人。

寒　意　　鄭剛中

嶺南霜不結，風勁是霜時，日落晚花瘦，山空流水悲，棲鴉尋樹早，凍蟻下窗遲，季子家何在，衣單知不知。

剛中係南渡前探花，其詩尚守元祐典型。

登岳陽樓　　蕭德藻

不作蒼茫去，眞成浪蕩遊，三年夜郎客，一柂洞庭秋，得句鷺飛處，看山天盡頭，猶嫌未奇絕，更上岳陽樓。

詠楊梅　　方岳秋崖

五月晴梅暑正煩，楊家亦有果堪扳，雪融火齊驪珠冷，粟起丹砂鶴頂殷，併與文園消午渴，不禁越女黶春山，略知荔支仍同姓，直恐前身是阿環。

秋崖詩不宗江西及晚唐，而自有豪情。

九日登天湖　朱熹

去歲瀟湘重九時，滿城風雨客思歸，故山此日還佳節，黃菊淸樽更晚暉，短髮無多休落帽，長風不斷且吹衣，相看下視塵寰小，祇合從今老翠微。

朱子不以詩名，而詩甚好，因學力深也。

十、南宋後期詩格趨變

尤陸范楊以後，詩格大致分爲兩派，一派尙淸新俊逸，間亦參以唐人之濃郁。一派尙淸奇瘦硬，全變唐人之面目。而此時閩南有一嚴羽，則別創窅渺淸遠一格，獨任性靈，主張言有盡而意無窮，如羚羊掛角，無迹可求。（此派至淸初王漁洋宗之，以神韻爲言，風靡一時。袁枚性靈之說，亦源於是。）而永嘉則有徐照、翁卷、徐璣、趙師秀四靈。以刻劃新峭，淸精巧圓，鍊字鍊句警秀卓傑爲宗。凡此四派，淸新如和風霽月；淸奇如垂虹飛瀑；淸遠如行雲流水；淸精如冰懸雪跨，皆尙淸而不主富麗穠艷，此實爲宋詩與唐詩分界之處。惟詩至淸精，不免纖巧刻劃，氣格侷促。錢塘與永嘉詩人，所見所聞，時皆囿於一隅，益以當局者氣度淺刻，忌才畏譏，多所禁抑，詩之境界，遂日趨卑下。

沈歸愚譏江西詩派黃山谷太生，陳無已太直，皆學杜而未及，然風骨獨存。南渡以後，范石湖變爲恬縟，楊誠齋變爲諧俗，劉潛夫等變爲纖巧，四靈變爲狹隘，皆爲不善變。責善之意甚深。然沈歸愚論詩尙平雅，根本與江西異趣。

茲錄宋季詩若干首如次：

酬友　嚴羽

湘江南去少人行，瘴雨蠻烟白草生，誰念粱園舊詞客，桄榔樹下獨聞鶯。

征夫　喻汝楫

白骨茫茫散不收，朔風吹雪渡瓜州，殘陽欲落未落處，照盡行人今古愁。

過垂虹　姜夔白石

自譜新詞韻最嬌，小紅低唱我吹簫，曲終已過松陵路，回首烟波廿四橋。

白石爲詞中大家，詩不逮詞遠甚。然其評誠齋詩，謂：「箭在的中非爾力，風行水面偶成文」。亦深知個中三昧。曉嵐譏其「意是而句不工」。語殊欠允。

夜雨曉起方覺　翟仲至

夜雨鳴簷送五更，不驚高臥最多情，窗間細視花無影，墻外隨聽屐有聲，數把柔絲堤柳嫩，一奩方鏡閘波淸，出門眼界殊明潔，但覺春寒處處生。

夏夜懷友　徐璣

流水階除靜，孤眠得自由，月生林欲曉，雨過夜如秋，遠憶荷花浦，誰憐杜若洲，良宵恐無夢，有夢卽同遊。

冬日登富覽亭　翁卷

未委海潮水，往來何不閒，輕烟分近郭，積雪蓋遙山，漁舸汀鴻外，僧廊島樹間，晚寒難獨立，吟竟小詩還。

尾句意盡，四靈詩多犯此病。

冷泉夜坐　趙師秀

衆境碧沉沉，前峯月正臨，樓鐘晴聽響，池水夜觀深，清淨非人世，虛空見佛心。卻尋來處宿，風起古松林。

題翁卷山居　徐照

空山無一人，君此寄閒身，水上花來遠，風前樹動頻，蟲行黏壁字，茶煑落巢薪，若有高人至，何妨不裹巾。

四靈詩全係仿武功一派，而結句無不力竭，季世作風如此，豈眞有氣運耶。

十一、宋季之江湖派

當宋寶慶初，江西詩派與四靈詩派合流，另創一種清健俊爽之詩格。其中人如洪邁、劉過、高翥、姜夔、戴復古、劉克莊等六十二人，陳起集錄其詩，刊爲江湖小集。又編江湖後集，補列小集未有者四十七人。因人多，詩遂有猥弱者。江者西江，湖者西湖，其意係集合江浙贛之作者而成。時遂稱之爲江湖派。實則此百餘人之詩格，並不完全相同也。宋季執政，多貪庸無能，是非顛倒，國事日非，詩人憂之。詩中遂不免譏刺時事。如「不是朱三能跋扈，卻緣鄭五欠經綸」。「九十日春晴景少。百千年事亂時多」等，皆爲當道所惡，集遭劈禁，起遭流配。人懼獲禍，見即毀棄，原本頗多殘缺。後人譏江湖派淺薄猥俚，其說頗欠公道，因江湖集所選不精，遂咸蒙其謗，而忌其多刺，詆者亦衆。然集禁以後，宋亦垂亡，末世詩人，多託哀思於倚聲。南宋末期之詞，竟大放異彩。詩則如哀蟬落葉，不易振矣。

王十朋等過小園　　洪　邁

節到中和暖尙賒，東風隨處起芳華，自慚翳翳松三徑，相對蕭蕭馬五花，老去醉鄉爲日月，病來痼疾在烟霞，午橋別墅歸公手，早定淮西取白麻。

暝　色　　劉　克　莊後村

暝色千村靜，遙峯帶淺霞，荷鋤歸別墅，乞火到鄰家，疏鼓聞更遠，昏燈見字斜，小軒風露冷，自起灌蘭花。

羊腎羹　　劉　過

拔毫已付管城子，爛首曾封關內侯，死後不知身外物，也隨尊俎伴風流。

改之初見辛棄疾，辛方進羹，以此難之。改之乞酒，酒流於懷，辛須流韻，劉成此詩，辛爲傾倒。

送王簡卿歸天台（二首錄一）　前　人

欲數人才難倒指，有如公者又東歸。班行失士國輕重，道路不言心是非，載酒青山隨處飲，談詩玉麈爲誰揮，歸期趁得東風早，莫放梅花一片飛。

稼軒稱此詩眞「横空盤硬語，妥帖力排奡。」

兒輩遊龍井　樓　鑰

路入風篁上翠微，老龍蟠井四山圍，水眞綠淨不可唾，魚若空行無所依，勝處雖多終莫及，舊遊誰在事皆非，衹今匏繫何由到，徒羨聯鑣帶月歸。

樓以文章著，其詩亦尙有致。

臨平　高翥菊磵

片帆一似白鷗輕，起揭船篷看曉晴，梅樹着花霜壓岸，自披風帽過臨平。

清明　前　人

南北山頭多墓田，清明祭掃各紛然，紙灰飛作白蝴蝶，淚血染成紅杜鵑，日落狐狸臥冢上，夜歸兒女笑燈前，人生有酒須當醉，一滴何曾到九泉。

菊磵公爲吾宗南渡始遷祖，其詩眞率而有致。如「餘子但知才可忌，先生當以去爲榮」。「故鄉墳墓何人守，舊日田園幾處存」。「中年主帥皆爲鬼，晚歲虞侯現領軍」等句，皆極自然。在今日讀其詩，彌覺世變蒼茫，古今同慨！

白紵歌　　戴復古石屏

雪爲緯，玉爲經，一織三滌手，織成一片冰，清如夷齊，可以爲衣，陟彼西山，于以采薇。

小亭　　葛無懷

小亭終日對幽叢，兀坐無言似定中，蒼蘚靜連湘竹紫，綠陰深映蜀葵紅，貓來戲促穿花蝶，雀下偷啣卷葉蟲，斜照尚多高柳少，明年更欲種梧桐。

詩非不工，惜太纖巧，此其所以爲宋季詩也。

雨夜雪意　　趙與東賓暘

芋火房陰處，翛然類嬾殘，雨欺梅影瘦，風助竹聲寒，擁袂衣全薄，哦詩字欲安，兒童疑有雪。頻起穴牕看。

十二、宋亡後之詩歌

宋以積衰之餘，當蒙古之強。其亡本已無可避免。然忠義之士，守道履貞，知其不可爲而爲之。厓山最後之戰，殉國之軍民達十餘萬人。同時流亡遁跡，待機復國者，更不知有若干萬人，民心不死，故歷數十年，而仍日月光華。當宋亡時，文天祥以死明志，節義千古，其詩多高亢可傳，正氣歌尤爲有益世道人心之作。而其幕客謝翺等之作，則多能出入於島寒郊瘦之間，蓋高峻之性，殆相類也。此外如林景熙、方鳳、王炎午、謝枋得諸人，皆高節相尚，哀音峭拔。至若鄭思肖之騷音激越，汪水雲之道語悽清，趙子固之明潔朗爽，則更足以覘有宋一代國雖亡而文化不亡。詩之功用，抑亦深矣。又宋末詩人，若入元爲仕宦者，則於此不錄，當另於元詩試評一文中誌之。

被迫北行別親知　謝枋得

雪中松柏愈青青，扶植綱常在此行，天下豈無龔勝潔，人間何獨伯夷清，義高便覺生堪舍，禮重方知死甚輕，南八男兒終不辱，皇天上帝眼分明。

先生至燕京，卒不食而死。當其北行時，別劉華父詩有「只願諸賢扶世教，餓夫含笑死猶生」之句，蓋志早決矣。

西臺楚歌　謝翺

魂來兮何極，魂去兮江水黑，化爲朱鳥兮其噣焉食。

先生登嚴陵西台，哭文天祥。取竹如意擊石，作楚歌招之。歌闋，竹石俱碎，時人悲之。其詩如「山帶去年雪，春來何處峯」俊朗可喜。

夢中作（十首錄四）　林德陽景熙

一抔未築珠宮土，雙匣親傳竺國經，只有東風知此意，年年杜宇哭冬青。

珠亡忽震蛟龍睡，軒弊寧忘犬馬情，親拾寒瓊出幽草，四山風雨鬼神驚。
空山急雨洗巖花，金粟堆寒起暮鴉，水到蘭亭更嗚咽，不知眞帖落誰家。
橋山弓劍未全灰，玉匣珠襦一夜開，記得去年寒食節，天家一騎捧香來。
宋亡後，元命番僧發宋紹興諸陵，取骨鎭塔，林與義士唐珏僞裝爲丐，背竹籮拾遺物，而以銀賄番僧，收得餘骨，爲函貯之，歸葬東嘉，植冬青樹爲誌，此詩蓋記其事。

題自畫水仙　趙子固

凌波渺渺佩芳馨，白石蒼苔接遠汀。喚起騷魂應共語，亂山何處哭冬青。（按此詩亦係誌冬青之痛）

元兵入城　汪水雲

西塞山前日落處，北關門外雨連天，南人墮淚北人笑，臣甫低頭拜杜鵑。
亂點傳籌殺六更，風吹庭燎滅還明，侍臣奏罷降元表，臣妾簽名謝道清。

南歸和別故宮人王清惠　前人

愁到濃時酒自斟，挑燈看劍淚痕深，黃金臺迥少知己，碧玉調好空好音，萬葉秋聲孤館夢，一窗寒月故鄉心，庭前昨夜梧桐雨，勁氣瀟瀟入短襟。
水雲善琴，侍宋三宮入元後，乞歸南爲黃冠以終。

題賈似道後樂廢園二首　闕名

事到窮時計亦窮，此行難倚鄂州功，木棉庵上千年恨，秋壑堂中一夢空，石砌苔荒猿步月，松庭葉落鳥呼風，客來未用多惆悵，試向吳山望故宮。

檀板歌殘陌上花，過牆荆棘刺簷牙，指揮已失鐵如意，賜與寧存玉辟邪，破屋春歸無主燕，壞池雨產在官蛙，木棉庵外尤愁絕，月黑夜深聞鬼車。

十三、宋詩餘評

本文試評宋詩，幷述其變遷及派別，仍覺意多未盡。率述若干條如次：

一、明人輕視宋詩，故評唐詩者多人，評宋詩者寥寥無幾。而清人馮班譏明人，謂王元美、李攀龍、何景明等之論詩，如貴胄子弟，倚恃門閥，傲忽自大，時時不會人情。鍾惺譚友夏又如屠沽家兒，時有慧黠，異乎雅流。蓋亦不滿崇唐抑宋之過甚也。

二、以詩之氣概言，宋人確遜於唐人。同一邊塞詞。唐人為「葡萄美酒夜光杯，欲飲琵琶馬上催，醉臥沙場君莫笑，古來征戰幾人回」。宋人則為「青銅峽裏韋州路，十去從軍九不回，白骨如沙沙似雪，將軍莫上望鄉臺」。此則國勢強弱之殊也。

三、「春水渡傍渡，夕陽山外山」。「客遊兒廢學，身拙婦持家」。沈歸愚認為係宋詩之佳者，殊非至論。

四、唐詩須註，因係以詩為詩，主性情，有不盡之意。宋詩不須註，因係以文為詩，主議論。故宋詩多辭盡於言，言盡於意。抑斥宋詩者之主觀卽在於此。然宋詩時出新意，情眞語暢，別有精神，則與唐詩之局限於名花美酒，寶劍駿馬，豪傑神仙，功名利祿者，遠爲出色。此所以宋詩卒晦而復顯也。

五、以宋立國之道言，文網應疏而不密，乃有蘇軾之獄，蔡確之貶。江湖集之禁錮，實係多事，後人譏宋季詩多刺而好譏，謂詩當以敦厚爲貴，卽刺時事，亦須有國風小雅之遺。則爲側媚之言，不足採信。

六、宋人好用俚語及套語入詩，如那麼、何堪、祇緣、因何、這般、安得、可是、惟有等，爲一大疵。

七、瀛奎律髓中所選之宋人詩，多取矯奇生硬，而棄清新華妙。且以人存詩，評判不公。宜紀河間斥其有黨援、攀附、矯激三弊。惟紀氏加評，亦太偏刻。因紀氏尊唐斥宋，先有成見之故。

八、宋有蘇軾烏台詩獄，蔡確車蓋亭詩獄，陳起江湖集詩獄。蘇蔡之詩，本無可罪，惟因政治恩怨，有人加以箋註，指爲謗訕，遂致入人於罪。陳起所收江湖集中諸人，則詩中確有微意，但亦無罪可言。凡此皆係有宋一代當政者之恥，至若曲端因「不向關中興事業，卻來江上泛漁舟」二語，被誣爲指斥趙構浮海避金，以致被殺，則寃同於岳飛矣。

九、詩言志，歌詠言，宋人詩歌，多以淸雅暢達之筆調。言志詠言，自不失爲詩之正宗。惟詠物詠事，後漸失於纖巧平易，則時代局勢日狹之故也。

十、宋詩言才力當推東坡，言格調當推山谷，言意境氣象當推荆公，言句法聲調當推放翁，有此四大家，宋詩可以矯然獨立。明淸人有僅習唐詩皮毛，即譏評宋詩，甚且不解四公之特色者，洵可謂蚍蜉撼大樹矣。

一、顧選元詩致力甚勤

清長洲顧嗣立蒐集元詩，取各元史選本，及元各家專集，又訪錄隱士逸民之斷簡殘篇，共得四百五十餘人，成元詩選，宋犖序之。謂「論者謂元詩不如宋，其實不然。宋詩多沈僿，近少陵；元詩多輕揚，近太白。以晚唐論，則宋人學韓白爲多，元人學溫李爲多，要亦娣姒耳」。其意謂宋元皆宗唐，而變爲宋，變爲元，則各有其風格。然顧氏謂「有元一代之詩，未經論定」。而一般論元詩者，類言與晚唐爲近。自經顧氏選集諸家詩以後，讀者方知以晚唐風格，喻元人一部分之作則可，若謂槪似晚唐，則係大誤。抑元詩不彰於明，而彰於清，百年中詩人嘔心瀝血之作，聲光不致沉閟，顧氏之功，不可沒也。

蒐詩詩選之難，非過來人不能知。因上自公卿大夫，下至布衣之士，苟能詠歌成一家之言，皆思傳諸後世。然幸而成集，或埋於山谷，或殘於水火，或毀於刀兵盜賊，或棄於子孫之不肖者，何可勝數。至於寒素之士，筆禿紙劣，於力疲精枯之餘，僅有鈔本藏於家，而終歸淪沒者，又不知凡幾。故如錢謙益搜討明一代之詩，得一千五百三十人，自謂已無遺珠，而尤西堂纂修明史，輯藝文志，則明人以集名者，卽有三千餘家，牧齋所選，僅得其半。認爲其中必有若干詩文集，爲牧齋未知未見，非必半數人之詩皆碌碌不足道也。故以年代比例言，有元百年，作者之詩可以入選者，決不止四百餘人，此則人之失也。抑以言精選，則更談何容易，因一集之中，優劣雜陳者，可存優而去劣；一章之中，有數首佳妙而數首平凡者，亦尙可取其佳妙而汰其平凡，然取汰之下，可能意趣不能聯屬，因此，極使選者爲難；至於一首之中，名句三五，另有數句則爲搭湊，選者若太嚴格，決然捨去全章，則名句不傳，未免可惜。若放寬尺度，則又選不勝選。此所以昔人選詩，有以「精華」、「別裁」等命名者，皆係擇特佳之作。至於概稱之詩選，則以詩存人，亦以人存詩。前者較嚴而後者較寬，蓋限於事實，不得已也！

中國文藝之風，自魏晋以後，北方漸不如南方之盛。五代以後，遼金之文藝，自更不能與北宋南宋相比。然時至南宋末季，宋人詩格忽墮落成爲江湖派，庸平淺薄，淸湯寡水，眞是亡國衰音，至今尙爲人所非。元初此風尙存，然自遺山高唱入雲，一時如仇遠、白珽、黃庚、戴表元等，卽已擺脫此一頹風，詩格力求高古不羣，沉雄典實。同時趙子昂之作，以秀曼飄逸，溫潤綽約，特開吳派。與馬臻之神骨秀騫，風力遒上，則一在肌理，一在骨格，秀相同而質不同。（馬係宋遺老，而爲黃冠，故能骨秀。）他如袁桷之雋爽高華，造語工鍊。劉詵之胸次超邁、五古遒實。周權之雍容祥和，遙法騷雅。楊奐之光明俊偉，言必有物者，皆各有特色。而諸人皆以儒雅風流相過從，尊先達而宏獎後進，一掃南宋末葉分朋標榜，互相譏刺之陋習。爰開虞楊范揭之先河。後此，則蒙古及色目人，亦復才士蔚起。終元之世，無鈎黨、無詩獄，此一敦厚之風，有裨於元詩之隆昌者至鉅。允爲治元詩時，值得提出之一事。

以言元代之作者，北承遼金，南承南宋。而蒙古之興，全恃武功，金戈鐵馬，橫行歐亞，比知尚文用儒，則已在成吉思汗勃興五十年之後——忽必烈時代。（公元一二七七—一二九四年）忽必烈雖好貨，然能慕中華文化，用夏變夷，使有元一朝，亦有彬彬郁郁之風，且文網不密，對詩無禁，故元人之詩，反多振拔，甚且舉遼金之粗俗，南宋之痿靡，而悉去之，平心而論，逾於五代遼金多矣。顧氏選元詩，距元亡已三百年，以遺山靜修導其前，虞楊范揭繼其盛，鐵崖雲林持其亂，使一代之元音，槪見於後。故自元詩選出而元明人所選之「光嶽英華」、「乾坤淸氣」、「元詩體要」、「皇元風雅」、「元詩類選」、「元音」等皆廢，後人亦迄未能有過於顧氏者，宋牧仲稱顧氏有志於立言，亦非過譽。

元人入主中華，爲時雖不及百年，然自至元迄至正。其變風變雅，亦有初中晚之別。若界分之，則至元十四年至大德元年爲初期（公元一二七七—九七年），大德元年至（後至元六年爲中期（公元一二九七—一三四〇年），至正元年至二十七年爲後期（公元一三四一—六七年）。初期詩混和南北，沈雄華贍。中期詩規撫唐宋，雋秀郁麗。晚期詩脫略今古，高爽老健，三期作風不同，而皆有博大渾厚之氣象。不同唐詩後期陷於綺靡，宋詩後期流於纖弱也。

二、元詩或宗遺山或宗靜修

元詩特色，不同唐宋，一派爲高華沉鬱，自成格調。另一派則爲清雅淡遠，氷雪聰明。前者謂宗遺山（元好問），後者謂宗靜修（劉因），究其所謂，前者允而後者未當。

遺山生於金末元初，身世極饑寒流離，兵戈刼掠之苦，衣冠塗炭，瀕臨九死。其詩格高氣雄，思大體精。巨手開先，上追少陵。悲壯處如高岑，而精切過之。古峭處如韓賈，而超脫過之。天留一才人，使風騷不絕，且振起一代之格調，爲可異也。

靜修與遺山，約略同時，儒素自守，處境似較優於遺山。以言才力，實不相及。世稱其詩清雅有骨力。風格高邁，比興深微，遺山不仕元。靜修且卻元人之召。人重其品，故閒曠秀逸一派歸之。實則在同一時期，松雪（趙孟頫）之詩，過於靜修，後之吳派、浙派，應以趙氏爲宗。惟因趙王孫入元爲名宦，即其兄孟堅，亦復不諒，故雖詩畫翰墨，文采風流，推爲當代第一，而導師之盛名不歸，詩人之推崇風格氣節，有如此者。

方金之亡，華北中原，慘況空前。河朔遺老能詩文者，垂垂殆盡。遺山輯李經，劉從益、侯册、李獻能、李汾、蔡松年、厤九疇諸人之詩爲中州集。又集金三十六人之詞爲中州樂府。當時元雖滅金，而視幽幷如甌脫，委由國王元帥管理，政治文敎，毫無設施。若無遺山輯錄金人之作，并採集金源史料數百萬言，金之文化史跡，將似西遼及花剌子模，後人一無所知。史列遺山爲金人（實亦爲金之功臣），而元人則尊遺山爲元詩之導師，因若無遺山，虞楊范揭等不能繼起，雁門、燕石、鐵崖未必光大。曾滌生選十八家詩鈔，金代僅列遺山一人，重之同於李杜蘇黃，後人論詩者，亦無間言。良以詩成名家已大不易，欲成大家，自更曠代難逢，其分別處，爲名家至多僅能變風變雅，大家則能開創時代風氣，金末有遺山一人，而元詩之格立，後此，名家競起，此遺山之所以爲大家，至若靜修，則僅能勉列名家而已。

茲錄遺山及靜修、松雪之詩，以示元初之格調。

遺山：橫波亭一首：

孤亭突兀播飛流，氣壓元龍百尺樓，萬里風濤接瀛海，千年豪傑壯山邱，疏星淡月魚龍夜。老木淸霜鴻雁秋，倚劍長歌一杯酒，浮雲西北是神州。

又：岐陽三首：（錄第二首）

百二關河草不橫，十年戎馬暗秦京，岐陽西望無來信，隴水東流聞哭聲，野蔓有情縈戰骨。殘陽何意照空城，從誰細向蒼蒼問，爭遣蚩尤作五兵。

又：湘夫人詠

木蘭芙蓉滿芳洲，白雲飛來北渚遊，千秋萬歲帝鄉遠。雲來雲去空悠悠，秋風秋月沅江渡，渡上寒煙引輕素，九疑山高猿夜啼，竹枝無聲墮殘露。

又：八月并州雁

八月并州雁，清汾照旅羣，一聲驚晚笛，數點入秋雲，滅沒樓中見。哀勞枕畔聞，南來還北去。無計得隨君。

又：山居雜詩四首

瘦竹藤斜掛，叢花草亂生，林高風有態，苔滑水無聲。

樹合秋聲滿，邨荒暮景閒，虹收仍白雨，雲動忽青山。

川迴楓林散，山深竹港幽，疎煙沉去鳥，落日送歸牛。

鷺影兼秋靜，蟬聲帶晚涼，陂長留積水，川濶盡殘陽。

又：卽事五首錄一

慘淡龍蛇日鬬爭，干戈直欲盡生靈，高原水出山河改，戰地風來草木腥，精衞有寃塡瀚海，包胥無淚哭秦庭，并州豪傑知誰在，莫擬分兵下井陘。

劉因之詩，傳者不多，詩集五卷，乃後人收其已焚之稿。

玆錄高亭一首，以覘其風格。

高亭雲錦繞清流，便是吾家太乙舟，山影酒搖千疊翠，雨聲窗納一天秋，襟懷灑落景長勝，雲影空明天自浮，笑向白鷗問塵世，幾人曾信有滄洲。

趙孟頫之詩，秀美飄逸，宜於山林。名畫家所題，多師其意境。所謂詩中有畫，畫中有詩。茲錄數首如次：

溪　上

溪上東風吹柳花，溪頭春水淨無沙，白鷗自信無機事，玄鳥猶知有歲華，錦纜牙檣非昨夢，鳳笙龍管是誰家，令人苦憶東陵子，擬問田園學種瓜。

又：絕句

春寒惻惻掩重門，金鴨香殘火尚溫，燕子不來花又落，一庭風雨自黃昏。

又：魚樂園

樓下南來水，清冷百尺深，菰蒲終夜響，楊柳半溪陰，日月驅人世，江湖動客心，向來歌舞宴，達曉看橫參。

又：聞擣衣

露下碧梧秋滿天，砧聲不斷思綿綿，北來風俗猶存古，南渡衣冠不及前，苜蓿總肥宛騕褭，琵琶曾泣漢嬋娟，人間俯仰成今古，何待他時始惘然。

三、元初諸家之詩

元初詩首列耶律楚材與劉秉忠（僧子聰），此二人使蒙古由粗野而進入文雅，由殺伐而知政教，功德無量，可謂奇人。二人皆秉性平淡，好閒適而富於禪意。詩格雖非上乘，但有其眞率可喜之處。卽以人存詩，亦自有可錄。行秀謂耶律「扈從西征六萬餘里，歷艱險，困行役而志不少沮；跨崑崙，瞰瀚海，而志不加大」；王鄰則謂「湛然有天然之才，如寶鑑無塵，寒氷絕翳」。元遺山中州集，亟稱趙秉文與李屏山，而謂「耶律之學問，淵源有自」。可知耶律雖馳驅絕域，經營創制，先後歷事三十餘年，無暇尋章摘句，加以研鍊，而率意之作，甚多秀句，散落人間。至於子聰，則博聞而多才藝，史稱其邃於易，凡天文、地理、律曆、三式六壬遁甲之屬，無不精通。身參佐命，而詩則蕭散澹遠，類其爲人。四庫總目中，亦稱其「鳴鳩喚住西山雨，桑葉如雲麥始華」之類，時露風致。以宋臣降元而其詩卓然可入名家者，有一方回。所著書亦甚博雅。惜其人品格卑汚、詐僞、醜劣，兼而有之。故玆錄元初諸人詩若干首，而不錄方回之詩。

登裴公亭　耶律楚材

山接青霄水接空，山光灩灩水溶溶，風迴一鏡揉藍淺，雨過千峯潑黛濃。

溪上　劉秉忠

蘆花遠映釣舟行，漁笛時聞三兩聲，一陣西風吹雨散，夕陽還在水邊明。

湖上二首　仇遠

連作湖山五日遊，沙鷗慣識木蘭舟，清明寒食荒城晚，燕子梨花細雨愁，賜火恩榮皆舊夢，禁烟風景似初愁，鳳絲龍竹繁華意，猶爲西林落日留。

曾識清明上巳時，懶能遊冶步芳菲，梨花半落雨初過，杜宇不鳴春自歸，雙塚年深人祭少，孤山日晚客來稀，江南尚有餘寒在，莫倚東風褪絮衣。

餘杭四月　　白　珽

四月餘杭道，一晴生意繁，朱櫻青豆酒，綠草白鵝村，水滿船頭滑，風輕袖影翻，幾家蠶事動，寂寂晝門關。

鶴林仙壇寺　　黃　庚

古壇歸鶴杳，野鹿自成羣，嵐勢浮清曉，鐘聲出白雲，樹穿僧屋老，水到寺門分，人世無窮事，山中了不聞。

十月朔旦寄友　　戴　表　元

黃牛村前秋葉飛，青螺峯外海雲歸，故人相思雪滿鬢，客子獨行風舉衣，烏鵲定占隨屋喜，鱸魚知比去年肥，當時歌酒江湖上，百里音書今亦稀。

老馬　　郝　經

百戰歸來力不任，消磨神駿老駸駸，垂頭自惜千金骨，伏櫪仍存萬里心，歲月淹延官路杳，風雲荏苒塞垣深，短歌聲斷銀壺缺，常記當年烈士吟。

秋日閒詠　　馬　臻

西湖晴雨畫圖間，吹倚闌干自解顏，無酒可供千日醉，有錢難買一生閒，草衰春色來時路，鶴宿秋聲起處山，橫笛吹殘天又晚，釣舟燈火入蘆灣。

訪友不遇　　袁桷

小院春濃落照閒，碧篁相對乳禽還，晚風陣歇遊絲盡，留得歸雲在屋山。

袁之五言，勝於七絕，其贈瑛上人詩：「托缽千岩裏，松花凍未開，哀猿倚講席，飢鳥下生臺，潭影留雲定，鐘聲送月囘，山中太古雪，爲寄一瓢來。」可以上比常建。

田墅初冬　　劉詵

鄰春五更動，機杼響俱發，薄霜厲僧宇，天西輾孤月，驛馬嘶不已，壁蛩鳴乍歇，故人期不來，山莊多落葉。

野趣　　周權

地僻居自穩，石路接平田，雲合茅簷樹，雨添花澗泉，空山晴滴翠，遠水綠生烟，喚酒青林渡，斜陽繫客船。

周之七言，勝於五律。如「梧葉庭除秋漸老，豆花籬落晚初晴」。「東風旗旆亭中酒。小雨闌干柳外人」等句，自有靜趣。

黃州道中　　張養浩

濯足常思萬里流，幾年塵迹意悠悠，閑雲一片不成雨，黃葉滿城都是秋，落日斷鴻天外路，西風長笛水邊樓，夢迴已悟人間世，猶向邯鄲話舊遊。

四、虞楊范揭四大家

元詩初期，尙摹擬唐宋，後能卓然自成一代之風，不能不歸功於虞集、楊載、范梈、揭傒斯四人之博大。此四人類似唐初之王楊盧駱，不特能文，抑亦能詩，雖或爲輕薄者所嗤，然「不廢江河萬古流」，則因其能開風氣，創新格也。

此四人中，虞集著作最富，其詩文能一掃宋季道學派侈談心性之空疎，江湖派矯語山林之淺薄，復古而不拘迂。創新而不粗淺，故自謂其作如漢廷老吏斷獄，一字不可移易；虞謂揭詩如三日新婦，姿媚婉轉；范詩如唐臨晋帖，豪宕淸遒，終未逼眞；而楊載則言「伯生不能作詩」，虞集曾載酒請問詩法，楊酒酣爲言其理，虞大服膺。觀楊所作，以氣勝亦以理勝，風規雅瞻，更上掃宋代西崑之雕琢；元祐之平易；江西末流之生硬；宜虞服善而不自矜。此四家分道揚鑣，開大德延祐兩朝詩文之盛，其各有特色，亦如「盧後王前」，不易軒輊。

較後於四家之詩人，有宋无、丁復、王沂、吳萊、歐陽元、柳貫等，而薩都剌與廼賢、馬祖常，皆爲蒙古人，䜌䜌則爲色目人，相繼而起，天地生才，不限地域，於此可知。

虞集赤城觀詩云：「雷起龍門山，雨灑赤城觀，蕭騷山木號，浩蕩塵路斷，魚龍喜新波，燕雀集虛幔，開戶微風輿，倚杖衆雲散。」又舟次湖口詩云：「江沙如雪水無聲，舟倚蒹葭雁不驚，霜氣隔篷纔數尺，斗杓挿地已三更，抛書枕畔憐兒子，看劍燈前慨友生，尙有乘桴無限意，催人搖櫓轉江城。」確甚老健。因伯生常隨從塞外，穹廬屬橐。大漠行吟。「白馬錦韉來窈窕。紫駝銀瓮出葡萄」。所見所聞，得氣之雄。宜其所作，類似遺山，而不同其哀怨。至於揭傒斯之詩，則如——『時雨散繁綠，緒風滿平原，興言慕君子，退食在邱園，出應當世務，入詠幽人言，池流澹無聲，畦蔬蔚葱芊，高林麗陽景，羣山若浮烟，好鳥應候鳴，新音和且閑，時與文士俱，逍遙農圃前，理遠自知簡，情忘可避喧，庶云保貞和，歲暮委周旋。』極似陶公。以云婉約，則當於「落葉常疑雨，方池半是雲」。「雲礁秋閑春藥水，雨犂春臥採芝田」等句中求之。

以言范梈，其詩清微妙遠，如「明月幾回滿，待君君未歸，中庭步芳草，蝴蝶上人衣，誰念同袍者，閑居與願違」。以及「……崑崙池上碧桃花，舞盡東風千萬片，千萬片，落誰家，願傾海水溢流霞，寄謝尊前望鄉客，底須惆悵惜天涯。」「雨止修竹閒，流螢夜深至」等句，皆自有韻致，絕不雕飾。較諸楊載之「大地山河微有影，九天風露寂無聲，（望月）」。「窗間夜雨銷銀燭，城上春雲壓綵旗」。「芳草謾隨愁共長，靑春不與客同歸（贈友）」風格逈異，而皆不失爲佳作。

自虞揭范楊負時重名，元之詩格，遂多以四家爲式則，其與四家前後相望者，計有多家。玆錄數人：

舟中坐夜　　　　尹廷高

故國五千里，孤帆四十程，客懷偏浩蕩，鄉夢不分明，萬折河流曲，三更斗柄橫，不眠方宴坐，野寺又鐘聲。

夏日　　　　黃溍

枕上初殘柏子香，鳥聲簾外已斜陽，碧山過雨晴逾好，綠樹無風晚自涼，芳歲背人成荏苒，好詩和夢落蒼茫，羊求何不來三徑，門掩殘書滿石牀。

黃之五言：如「飛雨天際來，遠峯淨如沐，生香餘晚花，繁陰靄嘉木。」綽有大小謝之風緻。

銅陵五松山中　　　　宋无

樵聲聞遠林，流水隔雲深，茅屋在何處，桃花無路尋，身黃松上鼠，頭白竹間禽，應有仙家住，避秦直到今。

春日田家　　　　前人

翳日櫧陰翠幄遮，葑園高下奕枰斜，陂塘幾曲淺深水，桃李一溪紅白花，赭尾自跳魚放子，綠頭相並鴨眠沙，春郊景物眞堪寫，輸與烟樵雨牧家。

評宋无翠寒集詩者，謂其時有雋語。惟七言不如五言，更不如七古，因其古體能則俲溫李，律絕則欲出新意而反失之纖。玆再錄其烏夜啼七古一首：

露華洗天天墮水，燭光燒雲半空紫，西施夜醉芙蓉洲，金絲玉簧咽清秋，鼙鼓鞭月行春雷，洞房酣夢喚不回，宮中夜夜啼棲烏，美人日日歌吳歈，吳王國破歌聲絕，鬼火青熒生碧血，千年壞塚耕狐兎，烏銜紙錢掛枯樹，髑髏無語滿眼泥，曾見吳王歌舞時，烏夜啼，啼為誰，身前歡樂身後悲，空留琴瑟傳相思，烏夜啼，啼別離。

登臨武臺　張翥

全晉山川氣象開，滿城烟樹擁樓臺，土風舊有堯時俗，人物今無楚國材，千嶂晚雲原上合，兩河秋色雁邊來，昔時勝賞空陳迹，落日登臨畫角哀。

南地咏古（昔壽安殿今為酒家壽安樓）　廼賢

夢斷朝元閣，來尋賣酒樓，野花迷輦路，落葉滿宮溝，風雨青城暮，關河紫塞愁，老人頭雪白，扶杖話幽州。

五、雁門燕石塞外奇才

薩都拉生於蒙古，宋褧生於大都，二人皆塞外兒童，受中華教育，俱成進士，為元名人。薩詩流麗清婉，詞尤沉鬱超邁，矞麗雄奇可入大家。宋詩則精深幽麗，閒出奇古。且學博而文潔，此二人與約略同時之馬祖常、廼賢、巙巙等，皆可與華夏才人並驅爭先，可謂天地生材無間中外矣。

薩都拉之燕姬曲云：

燕京兒女十六七，顏如花紅眼如漆，蘭香滿路馬塵飛，翠袖籠鞭嬌欲滴，春風淡蕩搖春心，錦箏銀燭高堂深，繡衾不耐錦鴛夢，紫簾垂霧天沉沉，芳年誰惜去如水，春困著人倦梳洗，夜來小雨潤天街，滿院楊花飛不起。

又過嘉興云：

三山雲海幾千里，十幅蒲帆挂烟水，吳中過客莫思家，江南畫船如屋裏，蘆芽短短穿碧沙，船頭鯉魚吹浪花，吳姬盪槳入城去，細雨小寒生綠莎，我歌水調無人續，江上月涼吹紫竹，春風一曲鷓鴣吟，花落鶯啼滿城綠。

宋褧都城雜詠云：

流珠聲調弄琵琶，韋曲池臺似館娃，羅袖舞低楊柳月，玉笙吹綻牡丹花，龍頭瀉酒紅雲艷，象口吹香綠霧斜，如笑西鄰蠹書客，牙籤緗帙費年華。

薩之雁門集，宋之燕石集，其中佳作甚多。詩歌之穠麗華瞻，彼此相似。若與馬祖常之「秦樹浮天去，巴江帶雪來」。「天將山海爲城塹，人倚雲霞作綺羅」。廼賢之「滄海誰青眼，空山盡白頭」。「弓刀夜月三千騎，燈火秋風十萬家」等句相較，轉覺豪邁之氣屬於馬廼矣。

延祐泰定之際，元廷繼統之間，鬮爭頗烈，惟各地尚安。士大夫紘歌雍容與薩宋等互相推許，作風亦約略相似者，有丁復、傅若金、柳貫、歐陽元、許有壬、陳泰、吳萊諸人。玆錄數詩如次：

九月一日遊昭亭　　丁　復

山色江光帶近郊，道旁楊柳舞寒條，半生九日黃花酒，多在西風白下橋，千里客遊仍暮景，異鄉人事又今朝，老來未遣登臨嬾，盡醉東家綠玉瓢。

後人謂丁詩不事雕琢而意趣超忽，自然俊逸，如此詩可以證之。

回雁峯　　傅若金

江上青峯宿雨開，江頭歸使日南來，登高欲訪平安字，二月衡陽雁已回。

漁洋謂傅作歌行得老杜一鱗片甲，七律有格調。揭傒斯謂傅之五言古律，過於范德機。讀其題清露軒詩中句：「……涼扃息塵想，幽琴寄元悟，寂歷松上聲，逍遙邱中趣，釣天澹斜景，銀漢靄微素。……」以及沛公亭「四海久非劉社稷，千秋猶有漢精靈。」睢陽廟「煙塵劍戟迷秋峒，風雨旌旗落暮潮」。洞庭連天樓「鮫人夜出風低草，神女春還雨溼花」等句，確是有格。因此，有人謂傅得范之神，而楊中則能得范之骨。

上都四首之一　　柳　貫

水草方方善，弓弧戶戶便，合圍連婦女，從戍到曾元，雪毳千家帳，氷瓢百眼泉，浚稽山更北，長望斗光懸。

柳貫時以文名而不以詩名，然其記塞外詩，如「幄殿層雲障，轅門積雪峯，奇鷹皆戴角，御馬盡飛龍」等。與上都詩可以覘元代之風。而如「馬谷夏泉經雨漲，龍堆秋草拂雲齊」。「雪花定比去年大，燕寢香凝夜氣寒」。「金掌擎秋調玉屑，銅渾窺夜約銀釘」等句，於敍事中格調高慷，宋人集中無此境界也。

吳萊、吳師道與黃溍、柳貫之詩格，約略類似。而二吳較淳。讀吳師道桐廬夜宿一首，可以覘之。

合江亭前秋水清，歸人罷市無餘聲，燈光隱見隔林薄，溼雲閃露靑熒熒，樓臺漸稀燈漸遠，何處吹簫猶未斷，凄風冷月下高梧，半夜仙人來絕巘，江霏山氣生白烟，忽如飛雨洒我船，倚篷獨立久未眠，靜看水月搖淸圓。

吳萊風雨渡揚子江一首中，如「……錦帆十里徒映空，鐵鎖千尋竟燃炬，桑麻夾岸收戰塵，蘆葦成林出漁戶，寧知造物總兒戲，且攬長川入尊俎，悲哉險阻惟白波，往矣英雄幾黃土。……」等句，王漁洋謂其可配楊維楨。實則淵穎之作，長處在於宏博，與鐵崖之矯奇，迥不相同也。

戴良九靈一派，係由陶韋入，而參以黃陳，故較崚嶒。其詩如贈別呂用明一首云：

旅雁薄霄遊，輕鷗掠水飛，相逢多間阻，所向有高卑，偶此風雨過，解后洲渚湄，翩翩形影亂，嗷嗷鳴聲悲，日落水氣寒，月高風景異，矰繳發中流，又復夜驚離，回翔空有志，棲宿定何時，飄飄天衢上，往愼子毛衣。

袁易與龔璛，郭麟孫爲吳中三君子，論年早於戴良，而詩派則近於九靈，因皆爲高隱有志之士，神清格高，爰能風骨遒上。如郭之「芳草澤氣深，鳥鳴嵐光曙，巖花抗留容。溪雲澹吾廬」。袁之「春事又當三月暮。人生那得百歲期」。龔之「小舟尋夜泊，明月散風瀾，故人相別處，雙鷺立前灘」。皆自有韻致。

何中（太虛）五言詩，如：「柳隨碧溪轉，忽與白鷗逢」。「小雨十數點，淡煙三四峯」。「落葉半藏路，清風時滿溪」。「寒沙梅影路，微雪酒香村」。「湖雪殘波岸，船燈獨夜人」。「西風一夜雨，丹桂滿林花」。王漁洋稱其皆有唐音，信然！

陳泰（志同）歌行馳騁筆力，有太白之風，在元諸名家中，當居道園之下，諸公之上。鮮于樞之書畫翰札，不下於松雪，而骨力之勁，且更過之。傳詩不多，因由於文名太盛之故。

張翥古今詩皆有法度，蒼辣不及虞道園，而情致殊勝，無論子昂伯庸輩，即范德機、揭曼碩，未知伯仲如何耳。

胡天游與鄭玉、岑安卿，所作皆雄渾跌宕。然胡之七古，如楊花吟，則又能宛轉低徊，綺思纏綿。此與張憲之樂府，類以豪雄見長，絕句近體則多悱惻清新者，迥然異趣。

謝應芳「一百五十寒食雨，三十六湖春水波」。與周砥「西風滿天鴻雁聲，瑟瑟菰蒲響秋渚」。寫春秋湖景，各有其致。

黃溍之寄方韶文詩云：「牢落江南賦，知音寄渺茫，鹿麋行處有，芝草夢中香，遙與滄溟濶，悲歌白髮長，平生今古淚，滴破綠蘿裳」。讀之使我增去國懷鄉之感。

六、元季詩人

元季政亂，士大夫皆南行，黃河以北，幾無一可傳之詩人。然南士多入於明，如劉基、宋濂、陶安、王禕等，且皆爲明之佐命功臣，故言元季詩人，當以未仕明者爲準。

元季之年代，茲以至正（順帝）一朝之二十八年爲準。其時作者，略可分爲兩派，一派爲縱橫激越，排奡奇矯，楊維楨（鐵崖）實爲之魁；一派爲溫文爾雅，清麗芊綿，顧瑛（阿瑛）爲之主。而倪瓚（雲林）爲個中翹楚，此兩派源皆出入於溫岐李賀，而根柢於李白鮑照，故能豪而不纍，秀而不纖。其效楊者，時稱鐵體，如宋禧、張昱、郭翼等，皆得其風格，入明之高啓，則更青出於藍。其同於顧倪者，則有王冕、錢惟善、張雨、陳孚、貢性之、柯九思等。此外浙中金華則另開戴良之九靈一派，以風骨高秀，商音激楚爲特色，如葉顒、魯貞、甘復等，亦其選也。

明初之政，甚暴而苛。強迫儒生應召，以示禮賢下士，而俸給甚薄，刑僇甚重。其不願出仕者，則有「不爲君用」之罪。不少高潔之詩人，多遭毒手，故倪迂棄家泛宅，王冕入山躬耕，甘復遁跡以終。張憲寄食僧寺，顧瑛且被徙臨濠，僅楊維楨徼倖獲免。而被徵去之高啓、楊基、張羽、徐賁、王行、郭奎等，則皆不得其死。故元亡以後，空靈秀雅之作，日形衰歇。洪武時代新進之士，幾無一出色之詩人。如清閟閣一類之作風，頓成絕響。須至弘治時方漸漸恢復，後始有衡山、石田、禎卿、松圓、中郎等作品。苛政對於文藝之扼殺，其暴若斯。不過苛政亦祇能爲禍一時，文藝之自由光芒則永存千古，因文藝詩歌，尙眞求美，乃人之心聲，不能永扼，亦不致永閟也。

以鐵體一派言：楊維楨之作，幽艷奇詭，縱橫兀奡，古樂府尤橫絕一時。守繩墨家法者，譏其墮入魔趣。四庫總目中，則稱許其白頭吟「買妾千黃金，許身不許心，使君自有婦，夜夜白頭吟」一章，謂有三百篇風人之旨，不知此非鐵崖之絕詣。吾讀其集，吾甯愛其魔，因雅正可及，而天魔不可及。老鐵若復生，當亦許吾爲其知音。楊詩如：

天迷關，地迷戶，東龍白日西龍雨，撞鐘飲酒愁海翻，碧火吹巢雙猰貐。照天萬古無二烏。殘星破月開天餘，座中有客天子氣，左腋七十二子連明珠，軍聲十萬振屋瓦，拔劍當人面如赭，將軍下馬力拔山，氣捲黃河酒中瀉，劒光上天寒彗殘，明朝劃地分河山，將軍呼龍將客走，石破青天撞玉斗。（鴻門會）

天山乳鳳飛來小，南渡衣冠又六朝，劫火自焚楊璉塔，箭鋒猶抵伍胥潮。燐光夜附山精

出，龍氣秋隨海霧消，惟有宮人斜畔月，多情還自照吹簫。（錢塘懷古）

主宮院落近連昌，燕子歸來舊杏梁，金埒近收青海駿，錦籠初教雪衣娘，卷衣甲帳春容曉，吹笛西樓月色涼，今夜阿鴻新進劇，黃金小帶荔支裝。（無題）

凡類此諸作，較諸長吉玉溪，似亦未遜前賢。至於鐵派諸子，如：

寄中山禪師　張憲

問訊山中隱，中山第幾重，風廊巡夜虎，雲缽聽經龍，流水千溪月，寒巖一樹松，無因淨渣滓，來共上堂鐘。

張憲詩甚佳，然其長者爲歌行，混涵流離，可入少陵之室。

岳墓　潘純

海門寒日澹無暉，偃月堂深晝漏稀，萬竈貔貅江上老，兩宮環珮夢中歸，內園羯鼓催花發，小殿珠簾看雪飛，不道帳前胡旋舞，有人行酒着青衣。

趙松雪岳墓詩謂「南渡君臣輕社稷，中原父老望旌旗」語較質率，尚不及潘作也。

醉題　張昱

二月鶯聲最好聽，風光終日在湖亭，清宵酒壓楊花夢，細雨燈深孔雀屏，情在綢繆歌白苧，心同慷慨贈青萍，方平自得麻姑信，從此人間見客星。

錢塘春感六首之二　王逢

周南風俗漢衣冠，五色雲中憶駐鑾，瓔珞檜高藏白獸，蕊珠花發降文鸞，河通織女機絲溼，雨歇巫蛾翠黛寒，滿地吳山誰灑淚，一江春水獨凭欄。

瑤池青鳥集觚陵，白塔金鳧閟夜燈，雲母帳虛星彩動。水晶宮冷露華凝，驪山草暗墟周業。郿塢花繁失漢陵，白馬素車江漢上，依然潮汐撼西興。

王逢詩已入玉溪之室。其「蒼山樓闕旃林裏，赤羽旌麾野廟中」等句，亦復迫近少陵。

洛陽懷古　　楊　果

洛陽雲樹鬱崔嵬，落日行人首重回，山勢忽從平野斷，河聲偏傍故宮哀，五噫擬逐梁鴻去，六印休驚季子來，惆悵青槐舊時路，年年無數野棠開。

鐵體一派，實宗遺山，惟用字鍊句，更加精嚴，格調則力求高亢。但其秀媚者：如張憲之「萬點愁心飛絮影，五更殘夢賣花聲」。鄧文原之「夜寒身宿羣峯頂，花盡春歸萬木中」。亦可入吳派之選。

次言吳派，吳派尚高雅婉美，須如絕代佳人，不施脂粉，而蕭然有林下之風。惟此派之作，宜於太平安定時期，若逢季世，則不免愁苦。倪瓚當江南尚安時，其詩如：

讀書衡茅下，秋深黃葉多，原上見遠山，披褐起行歌，依依墟里間，農叟荷篠過，華林散清月，寒水澹無波，遐哉棲遁情，身外豈有它，人生行樂耳，富貴將如何。

何等閒適有致，比逢喪亂，捨去家宅田園，甘老漁樵，苛擾追呼，仍不能免，其詩遂多愁思。如三月一日過華亭云：

竹西鶯語太叮嚀，斜日山光澹翠屏，春與繁花俱欲謝，愁如中酒不能醒，鷗明野水孤帆影，鵲沒長天遠樹青，舟楫何堪更留滯，爲窮幽賞過華亭。

寓松江　　前　人

日從鷗鳥狎雲深，老我無機似漢陰，采采菊花猶滿地，蕭蕭霜鬢不勝簪，南遊阻絕傷多壘。北望艱危折寸心，好在吳淞江上水，青猿啼處有楓林。

倪迂題畫詩，最清逸有致。如「一夜池塘春草綠，孤邨風雨落花深」。「風回綠捲平堤水，林缺青分隔岸山。」則詩中自有畫意。

泊垂虹橋　　顧　瑛

三江之水太湖東。激浪輕舟捷若風。白鳥羣飛烟樹末。青山都在雪花中。

自題畫像　　前　人

儒衣僧帽道人鞵，天下青山骨可埋，若說舊時豪俠興，五陵裘馬洛陽街。

嗚呼！阿瑛！可以思矣。

梅花　　王　冕

三月東風吹雪消，湖南山色翠如澆，一聲羌笛無人見，無數梅花落野橋。

小橋　　柯九思

落花如雪馬蹄香，幾樹黃鸝欲斷腸，行到小橋春影碧，一溝晴水浸垂楊。

柯九思能畫，與虞范等同時，作風近吳派，此後元季畫家，如吳鎮、黃公望、王蒙等，亦皆能詩，可入吳派之選。

山中　陳孚

山深不見寺，藤陰鏁修竹，忽聞疏鐘聲，白雲滿空谷，老僧汲水歸，松露墮衣綠，鐘殘寺門掩，山鳥自爭宿。

陳作近於九靈一派，清雋有致，稍異於吳派之敷腴。然其博浪沙一絕云：「一擊車中胆氣豪，祖龍社稷已驚搖，如何十二金人外，尚有人間鐵未銷。」又何其雄耶。

宿山家　甘復

木落秋滿山，窗虛夜涼集，風吹海月生，露洗苔衣溼，野客愛清冷，長瓢暝中汲。

甘詩風懷澄淡，綽有韋柳之致。

簡友　錢惟善

野人無事久忘機，肯信紛華有是非，花信欲闌鶯百囀，麥芒初長雉雙飛，書中歲月仍爲客，枕上江山屢夢歸，時復思君倚深樹，不知殘雨溼春衣。

錢詩清蒨，娓娓有唐人風調。

題敗荷　王翰

曾向西湖載酒歸，香風十里弄晴暉，芳菲今日凋零盡，卻送秋聲到客衣。

王翰乃色目人，不肯仕明而死，詩有商音。「歸去故人如有問，青山從此蕨薇多。」亦翰作也。

雲門道中　　金涓

三月山南路，村村叫杜鵑，白雲千嶂曉，斜月一溪烟，水冷長松井，春香小薺田，何時移別業，來到繡湖邊。

人有譏金詩近江湖派者，然如此詩，格高而有韻，惟末二語弱耳。

遊蔣山　　陳旅

弭櫂丹陽郭，鳴鞭白下山，晴原烟翳翳，幽樹鳥關關，石液玻璃碧，雲根瑪瑙殷，佛巖開細菊。僧徑入叢菅。雨洗川容淨。潮隨野色還。六朝有遺事。盡在夕陽間。

陳旅與虞集、馬祖常同時，以齒而言，應長於倪顧。而一般列陳於吳派，因其詩格，不同於虞馬，而與倪顧相近之故。然如「茜裙香溼芙蓉雨，翠袖涼生薜荔秋。」則似與薩宋爲近。

張雨係茅山道人，稱勾曲外史，早歲及識趙松雪，晚年及見倪雲林，甚爲長壽。詩與翰墨，皆卓爾可傳。時稱其能以豪邁之氣，孤鳴於邱壑，而淸聲雅調，聞諸館閣之上。但律詩似未見特色。如：

華陽范監居幽眇，不到元𤇆未易逢，山氣半爲湖外雨，松聲遙答嶺頭鐘，常聞神女騎龍過，亦有仙人控鶴從，安用乘流三萬里，小天元在積金峯。（清遠館）

較諸元初之汪水雲，遠不能及。張雨之小詩，則較律詩爲佳。然亦尙不如貢性之。

貢性之湧金門見柳詩云：

湧金門外柳垂金，三日不來成綠陰，折取一枝入城去，使人知道已春深。

此詩極自然，而寄慨遙深，風致嫣然，貢作大率類此。宜王元章畫梅，無貢南湖題詩則不貴重。

此外具有田園詩人風調，略似陶范者，有黃鎭成。其南田耕舍詩云：

種田南山下，土薄良苗稀，稊稗日以長，荼蓼塞中畦，路逢荷篠人，相顧徒嗟咨，我欲芟其蕪，但念筋力微，終焉鮮嘉穀，何以奉年饑，誰令惡草根，亦蒙雨露滋，豈無力耕士，悠悠興我思。

趙松雪有耕織圖二十四首，係奉旨所撰。淸雅敷腴，確能寫出田園景色及農家之勞苦。然王孫畢竟是金馬玉堂中人，以言田園，類似居士談禪，總隔一間。

此外與黃鎭成作風類似之詩人，尙有吳皐、魯貞、葉顒、鄧雅、許恕等。如許之「一徑豆苗綠，獨行溪水西，繁露墜叢竹，新流漲芳堤，偶與樵者語，忽聞幽鳥啼。」讀之未嘗不使人翛然起田園之思也。

黃清老詩云：「清曉抱綠綺，來就夫君彈，夫君久已出，野水流花間，石澗度微雨，秋生湖上山，松陰坐永日，心與雲俱閒，人事有離合，白鷗聊共還」。與廝革之「泉石經行久：林邱弭望間。溪鳴風蕩水，谷暗雨含山，淡淡輕鷗沒。飛飛倦鳥還。世緣良自苦。空羡野雲閑，」意境相似。較諸盧摯之「深松欺無路，疏竹不遮山，靜對黃冠語，時看白鳥還。」更富有靜趣。至若郭鈺之「啼鳥漸馴時近客，歸雲不動似知心。」同一雲鳥，如近刻劃矣。

元季詩人多，如靑邱靑田，皆爲元士，才力差近大家。因入明，已入明詩評中，玆不入於元。實則明初之有詩，皆元季之遺，並未特創新格也。

明詩評

一、明詩因未精選致少確評

元人詩效晚唐，明人則仿盛唐。淸人則多宗宋，而自謂祧宋宗唐。要皆不能超越唐宋之藩籬，或僅得唐宋之一體。然明之詩實優於元淸。因元詩近纖，淸詩近拘亦近寡。明詩則無此弊，所惜者明中葉之詩，復古氣太重耳。後人稱明詩過於宋詩者，有吾越李慈銘，謂宋人可成家者，僅蘇黃陸三人，明則有劉高李王徐陳等十餘人。惟明詩不彰，在於未選。淸朱竹垞集成明詩綜，達三萬首以上，玉石並陳，係採一代之風，而未加以選別。沈德潛取長洲周準所選之明詩，得一千一十餘篇，釐爲十二卷，而名之曰詩別裁，取捨頗嚴，然亦往往捨明珠而取碔砆。且謂朱集之明詩綜計收三千四百餘家，而不知有六千一百餘家，尤爲可異。李慈銘夙不滿沈德潛之治學與選詩。沈德潛所採集之古詩源，亦有人譏其摭拾，然朱氏之明詩綜，卷帙確太繁重而蕪雜。沈氏加以簡選，較有裨於詩道，惜其鑒藻，尚不足以副之。

沈謂「明詩復古，而二百七十餘年中，有升降興衰之別」。其階段則明初四十年爲升，永樂開始後八十年爲降。宏治開始後爲興，自嘉靖至萬歷以迄明亡爲衰。其言頗有理而不盡然。因明詩之佳，在於高華伉拔，有雄視一代之概。或幽渺峭深，富香草美人之思。其清麗雋雅一派，則脫胎宋元。皆與清代喜軟美平穩之格調不合。遂率譏之曰：「明人模擬唐詩，卽如李夢陽、何景明、李于鱗、王世貞等大家，亦是優孟衣冠，下至公安之纖，竟陵之詭，皆何足以繼唐」，一棒打殺，殊非允論。（按其說係始於錢牧齋，錢評詩夙好自誇，不足信也）。

二、評明詩須知明之立國精神

昔人謂「詩言志，歌永言」，故有一代之思想，一代之處境，必有一代之詩歌，漢魏之雄渾，六朝之綺麗，唐之盛大洪博，宋之雅正淸醇，元之健爽，明之豪雋，淸之工整，近代之曠逸，無論作者摹古創今，各有其出色當行之處。而一見之下，卽可知爲何代人物。明詩之復古，任何人皆知非始於開國之時，而在於立國百年以後。其由厭棄復古而變爲空靈詭異，則又在百年之後。然當羣尙復古之時，亦有不泥古而創新意者，當公安竟陵等風靡一時之際，亦有以醇粹相尙，古樸自敦者，玆若拘一格以評詩，則類嗜魚者不知有熊掌，而自詡知味，天下寧有此理。若更指摘一二人之優劣，以評論一時代之作風，則見小而不見大，更類瞽說。「江山代有才人出，各領風騷數十年」。故至今日而評明詩，於沈德潛所謂升降興衰之中，求其眞是非，俾知自明以來，詩人作家，實尙未能踰明，則有明三百年之詩道規格，概可知矣。

吾人當知元人起大漠，武功橫絕宇內，自十三世紀至十五世紀，世界爲蒙古人之世界。然其統治全中國，爲時不及百年。元人華化後，頗信儒而尙文，宋亡以後，南方之文化藝術，大量北移，仇遠、白珽、趙子昂、鮮于樞等，皆爲時所重。元廷文學之臣，則有虞集、楊載、范梈、揭傒斯四人，承元好問、王鶚而爲多士之冠冕，詩文皆卓越可傳。繼起者則爲劉因、馬祖常、薩都剌等，馬係色目人、薩爲蒙古人，可見文教所被，無間中外，人才亦不擇地而生，比至元季，政治紊亂，有才藝之士又多集中於南方，不求仕進，如楊維楨、陶南村、顧阿瑛、張雨、戴良及王黃倪吳四大畫家、高楊徐張吳中西傑等，皆在江南。當時詩格，好尙辭華，穠艷側麗，間以清新，而欠氣骨開張。至明興，詩格始爲之一變。因明亦以武功興。而緣飾之以儒術，振作之以民族思想，起自平民之中，成於艱難之際，別有一種豪邁踔厲之氣象也。

三、明初詩道之盛

明初第一奇人爲劉基，不特爲王佐之才，抑且文學卓軼。以開國元勳，而爲詩壇之祭酒。其詩格高致遠，大聲鏗鏘，遂開一代之風。如「溪雲不爲從龍起，山石何須學燕飛」。「浮雲看富貴，流水淡鬚眉」。氣象何等濶大。而其小詩，如「長門燈下淚，滴作玉階苔，年年傍春雨，一上苑牆來。」又何其悽惋綽約也。而時之作者，風格亦丕變。如張以寧之「秋色淮上來，蒼然滿雲汀」。宋訥之「寶鼎百年歸漢室，錦帆終古似隋家」。以及宋濂、汪廣洋等之詩，皆趨向於豪邁沉鬱，不同元季之穠艷衰弱，蓋山河已復，興感自異。豈開國時眞有運會耶。茲錄明初諸家之詩數則，以窺一斑。

旅興一首　　劉基

寒燈耿幽幕，蟲鳴清夜闌，起行望青天，明月在雲端，美人隔千里，山河杳漫漫，玄雲翳崇岡，白雲凋芳蘭，願以綠綺琴，寫作行路難，憂來無和聲，絃絕空長歎。

（文成五言得漢魏六朝之風調，不僅追逐李杜，觀此可知。）

如此江山亭清集一首　　張昱

吳越江山會此亭，暮春風景晝冥冥，長空孤鳥望中沒，落日數峯烟外青，不用登臨生感慨，且憑談笑慰飄零，古今何限英雄恨，付與江湖醉客聽。

故宮詩一首　　宋訥

萬年海岳作金湯，一望凄然恨自長，禾黍秋風周洛邑，山河殘照漢咸陽，上林春去宮花落，金水霜來御柳黃，虎衞龍墀人不見，戎兵騎馬出蕭牆。

嚴陵釣臺一首　　張以寧

故人已乘赤龍去，君獨羊裘釣月明，魯國高名懸宇宙，漢家小吏待公卿，天回御榻星辰動，人去空臺山水清，我欲長竿數千尺，坐來東海看潮生。

悲歌一首　高啓

征塗嶮巇，人乏馬飢，富老不如貧少，美游不如惡歸，浮雲隨風，零落四野，仰天悲歌，泣數行下。

送友入陝一首　前人

重臣分陝去臺端，賓從威儀盡漢官，四塞河山歸版籍，百年父老見衣冠，函關月落聽鷄度，華岳雲開立馬看，知爾西行定回首，如今江左是長安。

（青邱詩高華豪雋，然亦非逢開國之盛，不能有此。）

岳陽樓一首　楊基

春色醉巴陵，闌干落洞庭，水呑三楚白，山接九疑青，空濶魚龍氣，嬋娟帝子靈，何人夜吹笛，風急雨冥冥。

過荷葉浦一首　徐賁

鄰鄰水溶春，滄滄烟銷午，不見唱歌人，空來荷葉浦，無處寄相思，停舟采芳杜。

楊徐與張簡之詩皆秀曼，時稱之爲吳派，蓋元季政亂兵起，江南士人力求免於禍患，倪雲林隱於梁溪，楊鐵崖隱於干將，張伯雨隱於句曲，顧阿瑛隱於崑山，而王黃倪吳四大畫家，亦皆以隱逸爲高，故翰墨題詠，多以秀逸空靈爲主。所作較六朝謝康樂之繢繪山水而造句綺麗者迥異其趣。多人化之，吳派遂自成一流。實則此派係由王摩詰之精緻，錢起之清贍，皇甫之冲秀而來，亦本唐音也。

宮詞一首　　王　　甸

南風吹斷采菱歌，夜雨新添太液波，水殿雲房三十六，不知何處月明多。

秋望一首　　高　　棅

海國霜氣涼，秋聲落遙野，飛雨霞際晴，夕陽雁邊下。

淮西一首　　袁　　凱

蕭蕭風雨滿關河，酒盡西樓聽雁過，莫怪行人頭盡白，異鄉秋色不勝多。

姑蘇曲一首　　劉　　崧

姑蘇城頭烏夜啼，姑蘇臺上風凄凄，芙蓉露冷秋香死，美人夜泣雙蛾低，銅龍咽寒更漏促，手撥繁絃轉紅玉，鴛鴦飛去屧廊空，猶唱吳宮舊時曲。

此四人之作，劉尚似晚唐而王袁高則近盛唐。略舉一二，以概其餘，可見明初變風變雅之盛。又如：

殳山夏日一首　　貝　　瓊

病客從教嬾出村，兩山一月雨昏昏，野花作雪都辭樹，溪水如雲欲到門，無復元戎喧鼓吹，試從田父覓鷄豚，來靑處士時相過，猶是平原舊子孫。

則已漸見安定氣象，言爲心聲，而由詩人口中出之，最無矯飾，亦於此可知。

四、因靖難之禍明詩衰落八十餘年

明初運會甚佳，若能效法漢唐，兵定後繼以寬大，文化當可大盛。乃洪武酷虐，永樂繼之，允爲詩人一刼。然建文時，練子寧、方孝孺、袁敬所等之作，則皆冠冕一時。袁之「藜杖芒鞵白布裘，山中甲子自春秋，呼兒點檢門前柳，莫遣飛花過石頭」一詩，則作於靖難之後。瓜蔓雖酷，而得免者仍不辱不屈。詩須有格，可作格調解，亦可作氣格風格解。人謂永樂至天順間七八十年無詩，非無詩也，詩少格也。淸朱竹垞輯明詩綜，收六千一百餘家。而在此一時期中，著錄者僅數百人，可傳之作，僅解縉、楊士奇、薛暄、于謙、劉績間有雅音。一般大老之作，因競尚舘閣體，類皆庸庸。至如僧道衍、王越一類詩，或謂卓絕，實則係以偏鋒作豪邁之概，效唐之岑參高適而已。（道衍之「蕭梁事業今何在。北固靑靑眼倦看」。王越之「髮爲胡笳吹作雪，心因烽火煉成丹」。皆有悲歌慷慨之致，無如全首不稱，學岑高亦談何容易。）當時詩沉鬱見佳者。例如：

上太行一首　于謙

西風落日草斑斑，雲薄秋容鳥獨還，兩鬢霜華千里客，馬蹄又上太行山。

征夫征婦詞一首　劉績

征夫語征婦，死生不可知，欲慰泉下魂，但視褓中兒，征婦語征夫，有身當殉國，君爲塞下土，妾作山頭石。

五、明詩復興與仿古

明至弘治時，君明臣良，朝野意氣，比較發抒。李東陽始起而一振詩風。其章法句法，多規撫杜陵，其佳處亦直追杜陵。譏之者謂李仍不脫館閣氣，乃是大病，不知館閣派至李而漸戢止，因李能知其弊而矯其陋。其詩如「垂籐路繞千年石，老鶴巢傾半夜風」。「萬樹松杉雙逕合，四山風雨一僧寒」。此等句置諸唐人集中，亦當入選。因此，繼而起者，有李夢陽與何景明。夢陽效杜，較東陽更深刻，幾至面目畢肖，人遂詆爲做作剽竊，太不自然，然取法乎上，類如學戲劇，畢竟是科班出身。其七古雄渾悲壯，即少陵復生，亦可抗手。驚其才而不譏之爲竊。何則秀曼，係效太白。李何競起以後，邊（貢）徐（禎卿）聯翩齊名。邊詩有風骨，精麗溫粹，其謁文文山祠詩：「花外子規燕市月，水邊精衞浙江潮」一聯，時謂弔信國詩無能出其右者。何景明詩則以秀逸勝，五古上接三謝，長篇追蹤子美。小詩幽秀空靈，七律莊重勃鬱。其「十年亭閣淮西宴，腸斷梁王雪夜樽」。與李夢陽之「齊唱憲王新樂府，金梁橋外月如霜」。風致抑何相似。至於徐，則豐骨特超，略似孟襄陽。其「送君南下巴渝深，予亦迢迢湘水心，前路不知何地別，千山萬壑暮猿吟」一詩，人謂與何景明「雙井山邊送客時。滿林風雪倍相思。西行萬里遙回首。太華終南落日遲」之作，彼此伯仲，故朱竹垞謂此四人中何居首。錢牧齋謂徐甲而李乙。王漁洋謂徐乃吳體，不免卑弱。要皆各有所見，而非定評。要之弘治七子中，四人約略比肩，康海、王廷相、王九思三人，則比較似稍弱。而時與七子相競者，有祝允明、桑悅、唐寅、文徵明諸人。祝流於狂，桑流於誕，唐流於俳，惟文則詩格冲和，字畫雙絕，淵穆壽考，不依附前七子，且及見後七子，宜其所作。爲世所重。玆錄弘正時代諸家詩數首如次：

泰山一首　李夢陽

俯首無齊魯，東瞻海似杯，斗然一峯上，不信萬山開，日抱扶桑躍，天橫碣石來，君看秦始後，仍有漢皇臺。

李詩學杜，或謂此詩可以上擬杜之「岱宗夫如何，齊魯青未了」一首。但畢竟不如，末二語卽有力盡之失。不如玄明宮行等七古，則蒼涼沉鬱，差可與杜雁行。玆又錄其送李帥之雲中一首，以概其餘。

黃風北來雲氣惡，雲州健兒夜吹角，將軍按劍坐待曙，紇干山搖月半落，槽頭馬鳴士飯飽，昔無完衣今繡襖，沙場緩轡行射鵰，秋草滿地單于逃。

秋江詞一首　何景明

煙渺渺，碧波遠，白露晞，翠莎晚，泛綠漪，蒹葭淺，浦風吹帽寒髮短，美人立，江中流，暮雨帆檣江上舟，夕陽簾櫳江上樓，舟中採蓮紅藕香，樓前踏翠芳草愁，西風起，芙蓉花，落秋水，江白如練月如洗，醉下煙波千萬里。

相登臺一首　　王廷相

古人不可見，還上古時臺，九月悲風發，三江候雁來，浮雲通百粵，寒日隱蓬萊，逐客音書斷，憑高首重回。

此詩在王集中，並非絕詣之作，但在今日讀之，使人不勝低徊。

山居題畫一首　　文徵明

茅齋淨掃已無苔，四面軒窗向水開，穀雨方過茶事了，鼎鐺初熟待朋來。

六、正嘉時代之詩格漸變

弘治以後，學人競尚博雅。正德時王守仁以儒術功業顯，而其詩如「曉登泰山道，行行入烟霏，陽光散岩壑，秋容澹相輝，長風吹海色，飄飆送天衣，峯頂動笙樂，青童兩相依，振衣將從往，凌雲忽高飛，揮手若相待，悵望未能歸。」一詩，可上追太白。七言如「幽人月出每孤往，棲鳥山空時一鳴」。又何其神似山谷耶。嘉靖時，楊愼、薛蕙、高叔嗣，皆蔚然名家，拔戟自成一隊。楊騁才華，薛尚雅正，而高沖和。讀下三詩，可以辨之：

懷歸一首　　楊愼

星橋南望沉犀渚，雪嶺西連抱珥河，關山渺茫魂夢隔，山川迢遞別離多，汀洲春雨搴芳杜，茅屋秋風帶女蘿，心事未從詹尹卜，生涯聊聽僰童歌。

答友對雨一首　薛蕙

康樂愁霖唱，平原苦雨詩，故人歌此曲，贈我慰相思，薜荔垂青閣，芙蓉泛綠池，今朝一尊酒，最恨不同持。

寒食定興道中一首　高叔嗣

二月鶯花少，千家雨雪霏，可憐値寒食，猶未換征衣，積水生空翠，高城背落暉，忍看楊柳色，從此去王畿。

繼楊薛以後，李攀龍、王世貞、李先芳、宗臣、梁有譽、徐中行、吳國倫後七子崛起，而李王爲之魁。李詩如「浮雲從何來，安知非故鄉」。「北風揚片席，大雪渡黃河」。「吳下詩名諸弟少，天涯浪跡左遷多」。「臥病山中生桂樹，懷人江上落梅花」。以及「天山雪後北風寒，抱得琵琶馬上彈，曲罷不知青海月，徘徊猶作漢宮看」之明妃曲等，不愧高華。與王世貞之「高城雨過涼生席，殘夜花明月滿樓」。「中峯翠壓徂徠色，絕頂青收碣石寒」。「刀頭空自卜，七首爲誰驕」。「欲識命輕恩重處，灞陵風雨夜來深」可謂瑜亮並峙。人稱李如天際峨嵋，孤高奇絕。王如大海廻瀾，汪洋恣肆。質諸解人。當亦首肯。

後七子之後，有廣七子，續七子，末五子，因多宗李王，格調日卑，致李王亦爲人所誹。王愼中起，稍變其法，五古上窺顏謝，以氣韻而不全恃風骨。吳中皇甫氏、沖、汸、涍、濂四人繼之，亦皆追求古雅，一掃穠纖，出入二謝，爰爲公安一派之先驅，使明詩爲之一變。故謂明人宗唐，力創復古者，實始於天順，盛於嘉靖之初，而漸變於嘉靖之後期。比至萬歷時，則已大變特變矣。

錄嘉靖時各家詩數首如次：

秦淮送別一首　曹學佺

疎籬豆花雨，遠水荻蘆烟，忽弄月中笛，欲開江上船。

絕句一首　前人

夾岸人家映柳條，元暉遺跡草蕭蕭。曾爲一夜青山客，未得無情過板橋。

右二詩以風韻勝，王漁洋與李蒓客皆極賞之。

高州一首　吳國倫

粵南天欲盡，風氣迥難持，一日更裘葛，三家雜漢夷，鬼符書辟瘴，蠻鼓奏登陴，遙夜西歸夢，惟應海月知。

姑蘇懷古一首　梁有譽

看山幾日到吳中，遊客登臨感慨同，金虎跡荒靈氣滅，水犀軍散霸圖空，春歸茂苑烏啼月，花落橫塘蝶怨風，誰識倦遊心獨苦，扁舟長憶五湖東。

雨夜友至一首　宗臣

榻有何人下，君能此夜過，寒蟬吳客賦，衰鳳楚人歌，雨氣千江入，秋聲萬木多，明朝寒浦望，搖落有漁簑。

遊白鹿洞一首　王愼中

素嬰邱壑情，況秉英賢想，寤寐懸宿心，遊盤得玆賞，重陰始晦蒙，杲杲旋開朗，攬勝據巉巖，探奇歷榛莽，境閑百慮空，意愜二儀廣，野色浮巾衣，秋容成物象，菊含露下英，泉作山中響，柔葉稍朝零，剛條非夏長，景物易流徙，古今同俯仰，躊躕悵回軫，何時還獨往。

秋閨曲一首　謝榛

目極江天遠。秋霜下白蘋。可憐南去雁。不爲倚樓人。

漠北詞一首　前人

石頭敲火炙黃羊，胡女低歌勸酪漿，醉殺羣胡不知夜，鸊兒嶺下月如霜。

嘉靖時作者甚多，大僚如徐階、張佳胤、華察、唐順之、張居正，名將如戚繼光、俞大猷，布衣如徐渭、沈明臣等皆能詩。而徐渭之名尤重。卽嚴嵩因爲相好賄，且惡聞直言，子又不肖，遂負天下之謗，然其鈐山堂詩，的確甚佳。其人與蔡京同，若爲翰林而不爲相，其名譽當必甚佳，詩文亦必傳於後。倖進而才德不逮者非福。詩名且受其累，實甚可惜也。

七、嘉隆以後詩格大變

隆慶、萬歷、天啓、崇禎四朝詩，因公安竟陵兩派一起而大變。詆之者如錢牧齋、朱竹垞，皆加以訶斥。對於袁中郎、鍾伯敬、譚友夏之作，即有佳章秀句，亦復不選。此則未免太有成見。（錢朱二氏亦反對後七子，李攀龍、王世貞等之作，類多摒棄汰置，其議論爲「先懲王李，後惡鍾譚」。而稱道高薛邊徐及二皇甫，對程孟陽更傾倒備至，稱之爲松圓詩老，實欠公允。）按公安三袁，宏道（中郎）居首，其詩雖間近俚佻，然其佳句，如「近花安酒臼，避雨約牀書」。「孤塔衝人立。寒雲並馬歸」。「山烟隨澗出，松火隔林香」。「坐客始聞烹水法，高人時有乞花書」。「叢筠傍屋多藏鳥，小市通江易得魚」。「幾年夜雨慈恩寺。十度春風奈子花」。「近日彈章中貴少，一時謫籍楚人多」等句，李越縵稱其清新名秀，何減姚武功賈長江，可謂至言。惟公安一派係聰明人之作，恃才情而不尙工力，三袁集中，浪漫之作已多，宗之者效之，此與二李效杜，效其佳句亦效其拙句，其爲富於學力之士所譏，固其宜也。至於鍾惺譚友夏，句法皆尙詭奇，雖自成竟陵一派，人多譏之爲牛鬼蛇神，乃係小道。即間有淸思，亦復格卑意淺，更係小慧，徒標新奇。

沈歸愚謂公安袁氏，竟陵鍾氏譚氏，乃係繁響，而非正聲，比之自鄶無譏。故此二派雖亦曾盛行一時，不久卽告衰寂。

程孟暘之詩，於嘉定四先生中，最爲淸妙。惟力弱不善爲長古，近體則甚佳。乃錢牧齋稱之，邵子湘笑之，似亦無定評。平心論之，其詩有風致而格局不廣。蒓客稱其「長安雪後無來往，報國寺前獨看松」二語有風味。實則此等句稍能詩者皆能偶然吟到，不如言別一首：「方舟然燭夜相過，道上悤悤奈別何，我已三年懷錦里，君偏五月渡黃河。南遊誰共煙花早，北上兼聞金鼓多，此別各懷無限恨，莫將春淚點江波」。以及「多年華鬢絲相似，三月春愁水不如」等句爲可喜也。

八、明季國變詩亦變

明季之詩，得陳子龍（臥子）而振起，可謂力闢榛蕪，風格遒上。臥子自謂「苑內起山名萬歲，閣中新戲號千秋」。乃中聯得意語。「祠官流涕松風路，回首長陵出塞年」又「李氏功名猶帶礪，斷霞落日海雲黃」。則爲結法可誦。吳梅村爲之歎服。然如「九龍移帳春無草，萬馬窺邊夜有霜」。「山椒微風發，薄暮遲佳人，頹陽淡林表，素月生河津。……」等句，尙較其自許者爲佳。當時復社中自張溥以次，能詩者甚多，方以智、吳梅村、楊廷麟、錢牧齋、黃淳耀、吳易等，皆卓爾超絕。其中吳錢最負盛名，與龔芝麓稱江左三大家，惜俱仕淸。梅村臨終，自悔「一錢不値」，有「我本淮王舊雞犬，不隨仙去落人間」之自懺。錢則於降後尙密與桂王及鄭成功通音問，龔則「亂後江聲猶北固，坐中人影半南冠」，自傷似囚。似皆此心未死。然較諸楊吳等慷慨誓師，力與淸抗。楊詩「戎服晝銷南浦雨，漢家雲護北陵秋」。吳詩「烽銷玉關烟，雪卷陰山片」。以及臥子等所作，詩傳人亦傳者，抑何可及。

明亡以後，志節之士，如顧炎武、夏完淳等多有遺詩。顧耆宿守貞，而夏以十九歲之少年起兵殉國，可謂奇人。明詩別裁中，不敢收激昂有反抗意識之詩。故夏臨刑時「璧月沈銀漢，金風剪玉衣」一詩不錄。然亦收其精衞一首：其詞爲「北風蕩天地，有鳥鳴空林，志長羽翼短，銜石隨浮沉，崇山日以高，滄海日以深，媿非補天手，延頸振哀音，辛苦徒自力，慷慨誰爲心，滔滔東逝波，勞勞成古今」。存古之奇，於此可見。至於顧炎武贈傅青主之「時當漢臘遺臣祭，義激韓讐舊相家，陵闕生哀回夕照，河山垂淚發春花」。則與吳梅村山寺夜祭之「半杯松葉長陵飯，一炷檀烟寢廟香，有恨山川空歲改，無情鶯燕又春忙。」意相似而更激越。又如錢秉鐙金陵一首：「秋山無樹故崚嶒，幾度支笻未忍登，荒路行愁逢牧馬，舊交老漸變高僧，鐘樓自吼南朝寺，佛塔還燃半夜燈，莫向雨花臺北望，寒雲黯淡是鍾陵」。蓋皆一唱三歎，不勝家國之恫矣。

此外明季之能詩者：閩自王愼中、曹學佺、林鴻以後，有徐熥、鄭明選、陳明鶴、鄭琰、余懷等。閩派詩皆於鄭都官爲近。介於中晚唐之間。如余之「綠蘿僧院孤烟外，紅樹人家小閣西」。乃其代表作也。粤則有屈大均、陳恭尹、梁佩蘭三大家，屈之匡山一首：「山木蕭蕭風更吹，兩崖雲雨至今悲，一聲望帝啼荒殿，十載愁人拜古祠，海水有門分上下，江山無地限華夷，停舟我亦艱難日，愧剔蒼苔讀舊碑。」與「摩巖滅宋張弘範，不是胡兒是漢兒」之句，同一史筆。而陳恭尹之明妃怨：「生死歸殊俗，君王命妾來，莫令青塚草，生近李陵臺」。以及「南國干戈征士淚，西風刀剪美人心」。「半生歲月隨流水，百戰山河見落暉」。則騷音激楚，更代表嶺南風格矣。

衡陽王夫之（船山）以學術名，不以詩名，然其評詩極工。薑齋詩話中不非薄湯顯祖、徐渭、袁宏道，且謂「須天分高朗者方能步其芳塵」。謂李夢陽「有才而故自桎梏」。謂譚友夏「僅牙後慧，若不與鍾伍，可分文徵明一席。」皆極允當。而謂王元美、何大復「本無才情」。似稍近苛。惟明詩至清入關後轉爲振拔，悲歌慷慨而不浮靡。則當由於士氣不亡，逢陽九而彌厲之故。其間卽方外之士，如蒼雪詩：「山中久不見神駿，世上人多好畫龍」。「剪尺杖頭挑寶誌，山河掌上見圖澄，休將白帽街頭賣，道衍終爲未了僧」。「霜氣一湖飛遠夢。月明今夜宿孤峯」。圖鑒之放馬歌：「法窟聊藏獅子花，空山爲指金鞭影，神駿惟應支遁看，舊恩不願孫陽顧，垂頭肯向朔風嘶，烙印猶存漢家字」。今種之「一笑無秦帝，飄然向海東，誰能排大難，不屑居奇功，古戍三秋雁，高臺萬木風，從來天下士，只在布衣中」。此三人雖皆入空門，而未忘世，吾人今日讀其詩，仍覺其生氣凜然也。

清詩評

一、清詩繁多須選須刪

徐世昌晚晴簃清詩滙，收六千五百十九家。詩爲二萬七千四百二十首。又清帝詩二百四十九首。繁富浩博，過於唐宋元明各朝之詩選總集。民國多亂，若無徐氏，或徐氏不曾任北政府之總統，不可能蒐輯選錄，編成此一鉅著，對於清詩，着實有功。

清詩滙雖收詩如此之多，然每一名家有專集者，徐氏亦僅能於其中選錄數首，類似竇中窺豹，略見一斑。而去取之間，亦有人謂不盡精審。因此，讀清詩滙，祇能略觀其變風變雅之跡象，於每一時代中，知有何人，其格調如何而已！

余嘗有志選集清名家百人之詩，成一清詩別裁，乃選錄僅及千餘首，即逢世變。奔走流亡，抄稿悉棄。來臺以後，捨江左三家，竹垞、漁洋、北江、隨園等詩集，爲坊間常見本外，其他名家詩集，多無法可覩，即求諸圖書舘中，亦復寥寥。所幸尚有清詩滙可以嘗鼎一臠，無如人苦多而參證之書苦太少，欲加評述，輒惘惘然覺無可着筆。然興衰演變之間，源流派別之殊，偶有所見，心輒誌之。十餘年來，始漸知清詩有其特色，亦有其弱點。

惟上自宮廷，下至山林邊塞，能行吟成章者，二百六十餘年中，數達千百萬人，詩教之盛，抑何可非。原其弱點之所以不可掩，則因與時代風氣有關，吾人讀史，覺漢人多豪傑氣，唐人多義俠氣，宋人多書生氣，明人多名士氣，而淸人則多奴才氣，此蓋因淸廷箝制、粉飾、鎭壓之術，過於任何一朝，而君權尊，享國久，文字（詩）獄之酷，亦爲往昔所無，詩須興觀羣怨，今皆犯忌，宜整個風格不易振拔遒上矣。

以言淸詩之特色，爲工整而博雅。在淸以前，雖宮廷讌遊，或逢令節慶典，例有應制之作，君主大臣亦多能詩，互相唱酬，但詩並不用之於仕途中考試登庸。所謂以詩請謁，亦不過以詩投宰衡之所好而已！淸則不然，試帖中例須有五言排律一首。用典、用韻，及平仄體裁皆極嚴格，於是文人必須能賦詩，習者旣衆，詩人輩出，卽個性不長於詩者，能靑一衿，亦必須知平仄韻律。而布衣、野老、高僧、畸士，以及閨秀命婦等，更因耳濡目染，心領神會，極多佳作，過於鉅卿。所可惜者，淸詩一因拘束，二因忌諱，三因標榜，四因炫博，以致好詩未必傳，傳者未必是好詩，而名家亦多蕪雜庸凡之應酬作品。名公大老之能詩者，則其子孫或門人編集，又貪多務得，不肯刪節，結果類似明珠美玉與薏苡碔砆雜陳，使人爲之惘然！顧嗣立謂：「唐前詩無刻本，所傳者皆才人妙筆。紙貴人間，故所存少而工者多。宋後刻本盛行，易於流布，連篇累牘，工拙並陳，其勢必出於選而後可傳。」其言甚婉而諷。鄭板橋自選詩甚少，自敍謂「板橋詩止於此，後人若有將吾應酬之作等附入者，當爲厲鬼以擊其腦」。板橋之爲此言，亦卽因痛恨時人灾棗禍梨，存詩太多而佳者太少，思矯其弊之故。

昔孔子刪詩，存三百零五篇，其標準爲「擇其尤雅馴者」。其範圍則爲采各國之風。「取可施於禮義」。而究其實，則孔子定詩，亦不悉如後儒所云，「十去其九……善惡明著者存焉」。由此可見選詩刪詩，欲求精審，確是不易。而清以大一統之局面，歷二百六十年之統治，作詩者既有各地各派之風尚，又有興盛、昇平、衰落、混亂、覆亡各時代之不同，茲欲選其精華，去其糟粕，非得有志詩道者，不惜費時費力，博覽羣集，汰蕪存雅，方克有濟。本文茲言「試評」，則因愧讀清人之詩太少，類似竇中窺豹，僅見一斑，不敢放言評論也。

二、明詩入清而衰

清人以邊疆民族，乘明之弊，藉一部三國演義而起家，本身無文化。開國功勳中，無一人長於文學。入關以後，明之文章大老，如黃道周、劉宗周、楊廷麟、張煌言、陳子龍、徐石麒等，皆殉國而死。清僅賴洪承疇、陳名夏等降臣，收留明之二三流角色，點綴朝班，居然統治中國。繼以開科取士，漸成規模，然在順治一朝十餘年中，捨兵戈錢穀外，殊無若何文教可言。而流寇滿兵，殺刼重重，重以入關旗人橫行之暴，漢奸鎮壓之酷。北方各省．遺老才士，皆韜晦遯隱，寂寂罕聞，僅山西傅靑主，陝西李二曲、李雪木，河南孫奇逢等三五人，如天際孤星，流光熠熠。至於南方，則文士惡清之陋，內心無不怏怏。所謂江左三大家，錢謙益、龔鼎孳、吳偉業，皆被迫降清，爲時所譏，精神極爲痛苦。此外嶺南三大家，梁佩蘭、屈大均、陳恭尹，則因成名較晚，未被網羅，較爲自由。故錢吳龔之作，後多哀怨，梁屈陳之作，反多爽朗激昂而有生氣。清詩滙將江左三家及嶺南三家之詩，與顧亭林、黃梨洲、魏禧等之作，皆冠於清詩之首，以免清初無詩之譏。若揆諸史例，未屈志仕清者，不宜列爲清人，不少明遺民，如顧黃李傅等之作，皆不宜入於清代。此非局限於民族之見，蓋諸君子不願附清之志節，不可誣也。（清燬明遺老之作，僅江浙一地，卽達五百三十八種，一萬三千八百六十二部之多。）江左三家中，錢謙益長於近體，龔鼎孳長於五言，吳偉業長於歌行。三人之中，吳最惓惓當故國之思，被迫一出，終生引爲大恥，臨終墓門題碣，僅署詩人。其所作之圓圓曲、清涼山禮佛詩等，人稱之爲史詩，迄今尙膾炙人口。越縵稱其樹骨老杜，而鎔鑄溫李，爰能哀感頑艷，激楚蒼涼，睥睨當時，其推許甚至。錢龔則皆近於穠麗，博雅過於梅村，而風格不及，宜其品德，亦不相及。但若以詩論詩，則錢龔固亦一時之宗匠也。

明之遺民入清者有冒襄、（辟疆）計東、陳其年等多人。因受清職，其詩可以入清。玆錄清初諸人詩若干首如次：

山中夜祭二首　　吳偉業

白髮禪僧到講堂，緇衣錫杖拜先皇，半杯松葉長陵飯，一炷檀烟寢殿香，有恨山川空歲改，無情鶯燕又春忙，欲知遺老傷心事，月下鐘聲照萬方。

甲申事去可悲哉，幾度春風長綠苔，擾擾十年陵谷改，寥寥七日道場開，剖肝義士沉滄海，嘗膽王孫化刼灰，賸有老僧清夜哭，祇應猿鶴與同哀。

石厓秋柳一首　錢牧齋

刻霧巉巖石骨愁，兩株風柳曳殘秋，分明一段荒寒景，今日鍾山古石頭。

登廣陵福緣佛閣一首　前人

冥晦乾坤厄，迷方何去從，禪林迎怖鴿，缽水候眠龍，鐵浴兵前雨，銅崩刼後鐘，靈山殊未散，清夜禮金容。

烏江一首　龔鼎孳

蕭蕭碧樹隱紅牆，古廟春沙客斷腸，眞霸假王誰勝負，淮陰高塚亦斜陽。

紅橋詩二首　陳其年

輕紅橋上立逡巡，綠水微波漸作鱗，手把柳絲無一語，十年春恨細如塵。

一帶蕪城綠野煙，三春板渚亂春田，傷心錯到平山路，不獨江南事可憐。

入京一首　計東

帝城隱隱接雲霄，又見梯航萬國遙，遂有黃金能市駿，不妨靑海看橫鵰，乘風搖曳三千里，感舊悽涼十四朝，多少孤蘆遺老在。敢將詞賦問漁樵。

西望一首　王　鐸

泰山東接太行山，山外黃河天際還，綠樹連雲看不盡，雁聲飛過玉門關。

寄僧一首　冒　襄

歷盡中源破衲身，竹關堅鏈識前因，更生至再今留我，萬死頻仍見古人，朱嶽有懷煨蒻芋，青林無髮岸綸巾，齊顏當日稱聯璧，猶記來遊共撫塵。

題影梅庵憶語一首　黃　俞　邵

珊瑚枕薄透嫣紅，桂冷霜清夜色空，自是愁人多不寐，不關天末有哀鴻。

揆江行一首　程　正

百戰蘄黃地，扁舟江漢平，老人談舊事，故鬼哭新城，波轉漁燈曲，天垂鶴影橫，年年沙草碧，又聽杜鵑聲。

隔河望孤山一首　王　又　旦

絕巘連雲出，秋風隔水多，韓原中缺處，山翠壓黃河。

石門一首　趙　進　美

石門寒色夜冥冥，遠起漁歌越客聽，短棹天涯自惆悵，亂鴉啼過女陽亭。

清水道中一首　宋　琬

隴版高無極，清秋望更賒，石牀千疊水，板屋幾人家，古驛羊酥飯，空山燕麥花，停驂問者舊，井稅說頻加。

山中一首　　笪重光

白髮驚時變，青山見鳥飛，暑隨桐葉減，秋向薜蘿歸，細草侵芒屩，新涼到葛衣，自憐垂老日，方悟少年非。

雪夜感懷一首　　吳喬

酒了燈殘夜二更，打窗風雪映空明，馳來北馬多驕氣，歌到南風盡死聲，海外更無奇事報，國中惟有旅葵生，不知冰沍何時了，一見梅花眼便清。

三、康熙時詩道漸興

清初廟堂之上，詩道凌夷，新進之翰林徐乾學等，應制頌賡之作，罕有佳什。比至康熙時，三藩既平，臺灣亦併入版圖。旣綏服蒙古，又西平準噶爾。而「雪花如血撲戰袍，奪取黃河爲馬槽，滅我名王兮虜我使歌，我欲走兮無駱駝，嗚呼！黃河以北奈若何？北斗以南奈若何？」之歌，乃出於胡工。「朔風高，天馬號，追兵夜至天驕逃，雪山旁，黑河道。狹路殺賊如殺草，安得北斗爲長弓，射殞欃槍入酒鍾。」之歌。乃出於蒙古侍衞綽克渾。皆不下於「風吹草低見牛羊」之敕勒歌。較諸「馬後桃花馬前雪，教人焉得不回頭」南方文士之詩，遠爲出色，洵與盛時之氣象也。

康熙本人勤學，開始右文。康熙十八年開博學鴻儒科，撫綏遺老朱彝尊（竹垞）、毛奇齡、厲鶚、尤侗、李雯等應徵入選，於是京華詩人薈萃。蓋燕都唱酬雅音之沉闕不彰已三十餘年矣。厥後施閏章、王士禎（漁洋）、宋畹、趙執信、李愼行與朱竹垞，稱爲六大詩家。朱詩雅而清麗，宋詩氣骨磷硐。趙詩思路劖刻，查詩淸新俊逸，施詩溫柔敦厚，王詩則蘊藉秀曼，神韻卓絕，遙宗嚴羽。王朱皆負盛名，四庫總目，推許爲大家。漁洋與其兄士祜、士禧，且有三王之譽。同時南施北宋，亦爲壇坫所推。他如李澄中、田綸霞，則與漁洋並列爲山左三大家。姜宸英、嚴繩孫，則與竹垞並列爲江南三布衣。此外尚有曹貞吉、吳雯、洪昉思、方山、潘耒、曹爾堪、沈荃、汪畹、王士祿、程可則諸人，皆才思穎發，詩歌雅則，各有所就。而時際承平，士大夫競以風雅相尙，家絃戶誦，唱和賡迭，詩道遂興。大僚如張英、張廷玉、彭孫遹、陳廷敬、湯斌、張玉書、陳鵬年、宋犖等，多出身翰苑，雅歌雍容。而高士奇不由科甲，以詩受知，竟躋高位，尤爲人所艷稱，視爲異數。惟如高士奇之詩，實非上乘，間有清新，亦近浮熟。至於一般舘閣體，自更四平八穩，軟美可喜而庸俗，乃康熙好之，遂衍襲成風。後此則沈德潛亦以詩受知於乾隆，沈講格調，以溫柔敦厚爲旨，較高士奇爲勝，但詩品亦不高，近於標準之翰林試帖，其佳者略似放翁，通犯一「熟」字之病。

在此諸人以外，如馮班、馮如京、宗元鼎、魏麟徵、林佶、桑調元等，或傷於太纖太巧，或失於麤豪峻刻，雖所作收入四庫集部，皆祇爲小名家，詩亦不易傳世。而其間學富者，多誤於炫博，才高者又好爲蹶張，詩道一變，凌夷而不易振起，有如此者。因以言情致，尚多不如無藉藉詩名之朱西村等率意之作，爲可喜可傳也。

茲摘錄康雍時代之詩若干首如次：

題露筋祠一首　　無名氏

翠羽明璫尙儼然。湖雲祠樹碧於烟，行人繫纜月初墮，門外野風開白蓮。

送人一首　　林初文

不待東風不待潮。渡江十里九停橈。不知今夜秦淮水。送到揚州第幾橋。

上巳郊行一首　　朱西村

三月三日天氣晴，風和日暄天氣晴，銜泥補巢舊家燕，隔水喚春何處鶯，壚頭小姬酒正熟，道旁古墳人自耕，勸君行樂貴及早，明日東風花滿城。

此詩隨手拈來，毫不費力，雖平易而有章法情調，較宋邵雍之擊壤派爲佳。

詩一首　　陳鵬年

隔簾幽韻上焦桐，一曲湘靈奏未終，略記年時春雨夜，海南新試小薰籠。

秋柳詩一首　　王士禎

秋來何處最銷魂，殘照西風白下門，他日差池春燕影，至今憔悴舊啼痕，愁深陌上黃驄曲，夢斷江南烏夜村，莫向風前悲離別，玉關哀怨總難論。

漁洋秋柳律詩四首，和者幾遍天下，羣推爲名作，究其極，惟風韻絕勝耳。漁洋在揚州泛舟紅橋，有冶春詩二十首。中如「綠楊城郭是揚州」等句。江淮間傳誦不絕，亦是韻勝於才，譽過其實，不及眞州絕句中「半江紅樹賣鱸魚」，江上詩中「滿林黃葉雁聲多」爲可喜也。

懷朱竹垞一首　趙執信

江鄉小樹澹秋烟，不見幽人思悄然，往接簪裾三殿側，近聯踪跡五湖前，老爲鶯脰漁翁長，閒上鴟夷估客船，各有彈文留日下，他時誰作舊聞傳。

（趙與王不洽，趙詠春如秋，王詠秋如春。趙爽而王穠，乃其別也。）

重陽後共飲一首　潘耒

西峯鎭日翠稜嶒，儤直無因得共登，九陌年華銀箭水，千秋心事玉壺氷，惟因綠酒親元亮，莫遣黃花笑季鷹，卻憶升平多故事，醉騎官馬簇紅燈。

末二句因限韻，故弱，唐人不爲也。

大同城外一首　閻爾梅

晉王遼主會雲中，遺跡河南石井東，在昔戰場成誓約，于今兵氣滿寒空，地高天近星辰大。春少秋多草木窮，白豹蒼狼隨處獵，桑乾疊浪鼓西風。

此詩有高岑風格，惜末句亦近湊泊，未能振起。

臘八不赴一首　施閏章

數有招提約。眞詃避俗心，野橋沙際滑，山塢雪中深，香饌空煨芋，寒鴉出遠林，高樓頻極目，何處白雲岑。

馬塍一首　厲鶚

行過馬塍廟，背湖西復西，天淸山色近，曉冷葉聲齊，秋水苕川似，荒烟菌閣迷，幽偏詩易得，不盡古今題。

人謂太鴻詩精妙，其佳處當在「南湖春物無人管。都付斜風細雨中」等句，似上詩，僅淸順而已！

梅花一首　蔣錫震

竹屋圍深雪，林間無路通，暗香留不住，多事是春風。

秦淮曉渡一首　潘高

潮長波平岸，烏啼月滿街，一聲孤櫂響，殘夢落淸淮。

姑蘇楊柳枝詞一首　汪晼

臘盡寒威尚未消，淺黃深碧影迢迢，費他烟雨知何限，只替東風染柳條。

憶山中故居一首　彭孫遹

柳葉梅叢感歲華，薄遊何事滯天涯，三年不到香涇水，芳樹無人自著花。

螺川早發一首　王猷定

月落秋山曉，城頭鼓角停，長江流剩夢，孤棹撥殘星，露溼鷗衣白，天光雁字青，蒼茫回首望，海嶽一孤亭。

題畫一首　湯斌

秋林不厭靜，高士自能閒，盡日茅亭下，開窗到遠山。

題桃花扇一首　田雯

一例降旗出石頭，烏啼楓落秣陵秋，南朝賸有傷心淚，更向胭脂井畔流。

花朝示僧一首　查慎行

初日烘雲碎作霞，討春人競出江涯，老來不喜閒桃李，別約山僧看菜花。

寄王石谷一首　惲南田

收得江山在錦囊，霜天乘月下滄浪，尚留琥珀蘭陵酒，襆被同君話草堂。

以上各詩皆清麗可喜，近於大歷十子，然如明文衡山、沈周、袁中郎等，亦能爲之，抑或過之。

小詩除三首　朱彝尊

蒼蒼桂之樹，樹下幽人語，山中正可留，惆悵王孫去。（桂山）

鳥驚山月落，樹靜谿風緩，法鼓響空林，已有山僧飯。（瞿谿）

已見官梅落，還聞谷鳥啼，愁人芳草色，綠遍射堂西。（西射堂）

（趙執信嘲朱貪多，似此等詩並不貪多。）

江行望小孤山　前　人

北船乘長風，南船載柔櫓，篙師戒晨征，渡口動津鼓，霧淨開孤峯，沙明横極浦，逶迤經前山，日色未亭午，半嶺界樓臺，參差近可覩，離離金碧光，窅窅神靈雨，遠望空愁心，沿流采芳杜。

竹垞詩在當時應推爲第一，所存詩二千餘首，清雋雅潔，格律俱高。王漁洋等實不能及。

同遊南鎮一首　毛奇齡

春船初發白蘋開，十里横塘晚未回，南鎮寺前北風起，夏王陵上雨飛來。

雨花臺一首　余　懷

雨花臺上草青青，落日猶銜木末亭，一綫長江三里寺，千年鶴唳九秋螢。

月夜遊沈山一首　朱　祐

樵徑鐘聲落，循溪一叩關，寒泉鳴古寺，殘月寫秋山，客伴蛩吟寂，僧窺鶴夢閒。猶聞沈處士，華表夜深還。

寄友　劉公𩩲

西湖小閣多晴月，好友同舟半是僧，寄語江南老桑苧，秋山紫蕨憶行縢。

清平道中一首　葉景高

細雨迷征騎，涼颸動客衣，午晴雲氣薄，秋老樹聲微，參錯山徑稻，青葱石徑薇，前頭沽酒店，買醉興先飛。

寄人一首　元宏

北窗松樹盡成龍，塵外高臥鶴夢空，一徑飛花春雪白，半簾疎雨夕陽紅。

訪友未值一首　碩揆

乞米江城僧未歸，孤雲斜日冷柴扉，欲書庭葉留名字，恐逐西風下嶺飛。

絕句　澄瀚

昨宵初罷上元燈，又欲看山向秣陵，騎馬乘船都不會，飄然誰識六朝僧。

原西寺　雲峯

瘦竹長松滴翠香，流風疎月度微涼，不知誰住原西寺，每日鐘聲送夕陽。

以上各詩，皆秀雅有致。

烏廻山一首　孔尚任

曲徑沿山去，危橋渡澗來，入林驚鹿臥，施食見烏廻，嶺雪陰猶積，松雲晝不開，老僧能好客，折贈數枝梅。

桃花扇末記一首　　前　人

漁樵同話舊繁華，短夢寥寥記不差，曾恨紅箋啣燕子，卻憐素扇染桃花，笙歌西第留何客，烟雨南朝換幾家，留得傷心臨去語，年年寒食哭天涯。

雲陽驛一首　　沈德潛

舟過雲陽驛，遙聞車馬喧，漁家船作市，戍卒佛同門，過眼江湖下，驚心歲月奔，寄奴征戰地，興敗與誰論。

四、乾隆時代之詩格

康熙六十年，乾隆亦六十年，享國之久爲歷朝所無。乾隆處處欲學其祖，而天才不如遠甚，詩與字皆不能及。乾隆之詩甚不通，而自以爲通，不少「皇帝詩」，讀之使人噴飯。然臣下皆不敢言其非。反倣其硬湊作風。於是乾隆一朝，詩人雖多，而能如康熙朝之朱竹垞、王漁洋者反稀。其時大僚中之能詩者，爲阮元、紀昀、畢沅、劉墉等，其中阮元最佳，所作類陶元亮、白居易。紀則通脫黠慧，類似其人。畢劉則仍不脫舘閣氣，工緻富麗，而少情致。尚不如洪亮吉之詩，別有一種超拔俊逸之氣。可以列入名家。

乾隆後期，袁枚（子才）創性靈之說，從之者多人。究其實則係小慧而非正宗。袁與蔣士銓、趙翼時稱三大家。蔣詩尚雅馴，袁詩全憑聰明，如詠錢：「千古帝皇留字去，百般人事讓兄驕。」趙翼詩則質而近俚，如「少日自甘三皛飯，老年偏飲獨參湯」等句。袁作前者如謎語，趙作後者類家常閒話，與唐季無聊詩人之「貓跳觸鼎翻」相等，實係惡詩。唐宋元明名家決不肯如此作，若言此乃出於大家之手，則唐宋元明之大家，眞要喊撞天屈矣。

與袁等同時之鄭燮，其詩新奇而有致，怪倔而有趣，小詩尤楚楚可愛，惜所作不多。燮爲揚州八怪之一，他如李鱓、金農等，皆以書畫名，而又能詩，爲時所重。乃黃仲則、王曇（仲瞿）二人，則憔悴京華，竟成爲嗇遇之詩人。黃詩如李長吉，飢鳳寒蟲，悽惋獨絕。王詩磊落豪奇，戛戛獨造，惜皆不遇。與王曇齊名稱三君者，則有舒位、（鐵雲）孫源湘。凡此諸人，皆爲才士，其有博學稽古，係經學家而詩亦功力深厚，可以入選者，則有凌廷堪、汪中等。玆摘錄若干首，以窺乾嘉時之作風：

漁家詩一首　鄭燮

買得鮮魚二百錢，糴糧炊飯放歸船，拔來溼葦燒難著，曬在垂楊古岸邊。

灘水上一首　阮元

九峯如九華，直立皆千尺，向暮森青夫，入夜湛深碧，一水相與瀠，淺嗽峯根石，餘波拭玻璨，靜照天影白。

秀野亭一首　紀昀

霜葉微黃石骨靑，孤吟自覺太零丁，誰知都作西行識，老木寒雲秀野亭。

潼陽一首　袁枚

黃河水照白頭臚，重到潼陽認故吾，竹馬兒童三世換，琴堂書吏一人無，笑非王喬身爲鶴，喜是丁令爲化鳧，四十六年塵世隔，滄桑何處問厤姑。

隨園詩多賣弄聰明，此詩平實，反覺可喜。

湖上晚歸一首　蔣士銓

溼雲鴉背重，野寺出新晴，敗葉存秋氣，寒鐘過雨聲，半檐羣鳥入，深樹一燈明，獵獵西風勁，湖心月乍生。

灞橋送別一首　王文治

望河樓上醉金卮，重向靑門折柳枝，他日相逢難忘卻，灞橋微雨送行時。

昭陽湖一首　王昶

長堤老柳作花飛，人在湖船試袷衣，夜雨平添三尺水，釣師正喜鱖魚肥。

滕王閣一首：　方扶南

樓外靑山樓下江。樓中無主自開窗。春風欲埸滕王帖。簾捲飛來蝶一雙。

焦山夜泊一首 王曇

華嚴靈舘壓𦩘嶢，一片荒烟接寂寥，大地星河圍永夜，中江燈火見南朝，魚龍古寺三秋水，神鬼虛堂八月潮，獨立數層捫北極，滿天風露下銀霄。

仲瞿詩格似岑高，惟末語意盡而不能振起，清詩多犯此病。

新涼一首 黃景仁

聞道邊城苦，霏霏八月霜，憐君鐵衣冷，不敢愛新涼。

仲則之詩，近於長吉閬仙，時稱之爲飢鳳寒蛩。如「慘慘柴門風雪夜，此時有子不如無。」「中秋無月重陽雨，辜負人生一度秋」等，皆極悽淸。其都門秋思四首，尤哀感愴涼，動人肺肝。如「全家都在風聲裏，九月寒衣未剪裁」等句，使人爲之于邑。薄命詩人，爲可悲也。

出白門一首 邵無恙

杏花如雪柳絲輕，渡口濛濛細雨生，惆悵行人過江去，十三樓畔正淸明。

淡遠自然，確入唐賢三昧。

出郭一首 張問陶

出郭居然悟昨非，東風開到野薔薇，水迎殘照光逾活，山擁奇雲勢欲飛，舊雨同心容嘯傲，重城回首辨依稀，田園景物居然好，慙愧春歸我未歸。

船山詩超越空靈，人謂過於漁洋隨園，然如此詩，未見其長，因太平易也。

懷學友一首　邵二雲

折枝贈別曉江寒，好句長留畫壁看，三載銷魂梅嶺雨，黃椰根苦荔枝酸。

絕句　姚南青

九門風雪夜戡戡，擁袖人如抱繭蠶，一笑披圖竟歸去，梅花開日到江南。

（邵姚二人皆邃於經學，而二詩風致清遠，得宋人之神。）

訪慧朗上人一首　吳錫麒

石頭路滑亦何辭，曳杖來尋瘦阿師，有約白雲迎客慣，貪看紅葉到門遲，住山要乞安心法，呈佛何妨本色詩，踏遍松陰欲歸去，泉聲十里晚風時。

楓涇一首　舒位

楓涇接魏塘，烟景晚蒼茫，孤棹廻春雪，寒潮擁夕陽，夢騎雙蛺蝶，歌起萬鴛鴦，好傍南湖宿，疎林葉正黃。

過拂水山莊二首之一　斌良

江總歸來白髮新，刦灰餘燼戀無因，風騷壇坫三朝重，金粉河山半壁陳，貂珥苦思推輔座，蛾麋甘讓作完人，孝陵銅狄苔花冷，詞館空吟舊院春。（拂水山莊係錢牧齋故園。）

牧齋一生被八語說盡，斌良可謂能詩。

樅陽一首　姚鼐

輕帆掛與白雲來，棹擊中流天倒開，五月江聲千里客，夜深同到射蛟臺。

惜抱以文著，其詩饒有唐音。

五、嘉道時代詩格漸變

乾隆一朝，對於書籍之整編，字義之考訂，詩文之提創，稽古右文，持之甚力。六十年中，在文化上確有其成就。甚且邊疆山區，苗夷各小民族之三家村中，亦復家絃戶誦。各省每年投考之士子，數達十餘萬人。清制，考試中必有五言排律試帖詩一首，題則多爲古人名句，作者必須運用典故，敷陳意象，將一句詩題反復寫出，而歸結於頌揚。因此，士人除能文外，必須能詩，最低限度，胸中必須有許多字彙成語及典故，且知平仄抑揚及起承轉合之道。此一方式，以詩言詩，實極呆笨。故試帖詩雖典贍華麗，不乏名作，而不能傳。迄今無一首試帖詩爲人諷誦。亦無一名人詩集中，將試帖詩刊入。僅隨園詩話中，以「因風想玉珂」一題中「聲疑來禁苑，人似隔天河」二語以自詡耳。

清代能文能詩之人，既如此之多，文與詩本應上軼漢唐宋明。乃文則以桐城一派爲盛，詳贍條暢過於往昔，而未能踰越韓柳歐蘇。詩則典贍穠郁過於往昔，亦未能踰越李杜蘇黃，甚且不如明人。其故何歟？究其原因，則在於太拘，拘則力求工整，天才被束縛不能開張，不能暢所欲言，於是不得不借重粉飾藻繪，此所以淸代辭賦駢文之工整典瞻，實過於往昔任何一朝，律句對偶之穩貼精緻，亦過於往昔任何一朝。無如詩文皆祇有名家，而無大家，爲可惜也。

乾隆以後，國內多故，政風日媮。嘉慶時尙勉能維持，道光時則外患內亂，相繼發生，至咸豐時，太平軍起，英法攻入北京，全國大亂，幾至不可收拾。嘉慶時之洪亮吉、陶澍，道光時之林則徐、龔自珍、魏源，咸豐時之曾國藩、左宗棠等，因了解時代之頹風，遂羣治實用之學，此數人皆能詩而不以詩名，然詩格之變，此數人皆有關係，玆錄若干首如下：

嘉峪關四首之一　　林則徐

雄關百尺界天西，萬里征人駐馬蹄，飛閣遙連秦樹直，繚垣遠壓隴雲低，天山突兀迎人立，瀚海蒼茫入望迷，莫道潼關曾設險，回看祇是一丸泥。

少穆詩饒有唐音，而不落套，故佳。

江口待僧不至一首　　洪亮吉

松寥高閣不同登，一榻慵慵醒未曾，我憶放生池上路，秋花病鶴與孤僧。

雨中牡丹一首　　管學洛

小窗燈影照無眠，簷漏聲聲欲曙天，更比落紅還可惜，倚闌人不似當年。

雜詩三首　龔自珍

九州生氣恃風雷，萬馬齊瘖究可哀，我勸天公重抖擻，不拘一格降人才。

大宇東南久寂寥，曼陀羅吹一支簫，簫聲容與渡淮去，淮上魂須七日招。

坐我三薰三沐之，懸崖撒手別卿時，不留後約將人誤，笑指河陽鬢裏詩。

龔詩不主格律家數，而筆力矯健，不落窠血，故雋爽可喜。

還鄉河一首　毛彥翔

汴水河頭王氣終，還鄉遺恨亦成空，千年花石留殘魄，一笛牛羊歸晚風，纔解望天悲薊北，可能揮涕憶陳東，家山念盡南冠客，五國城中斷塞鴻。

毛詩爽朗，其薊門秋感「涼雨過關去，城西落早秋，空庭下黃葉，獨客在高樓，感喟辭長劍，飄零惜敝裘，百年拼浪擲，知己更誰投。」亦氣健而音響。

風穴洞一首　李仁元

人馬踏嵐光，暝嶂蒼然合，巖陰氣漠漠，石古春颯颯。

奉先寺一首　前人

剝蝕肅壯嚴，陰森溢飛動，冥冥妙香渺，黯黯山寒湧。

送友入都一首　伊秉綬

露重寒螿咽，霜嚴木葉稀，秋懷已寥落，別思又因依，歲月催華髮，風塵感素衣，江湖亦入海，杜德未忘機。

自題畫馬一首　　金壽門

撲面風沙行路難，昔年曾躡五雲端，而今衰草斜陽裏，人作牛羊一例看。

于謙墓一首　　姚懷光

苦戰初迴蹕，南宮有警聲，當時誰再造，此舉竟何名，黃霧漫天暗，青燐入夜明，岳王祠宇近，相對各沾纓。

送友之金陵一首　　陳襄

何事遂離別，輕橈發夜闌，老將同日至。貧博一官難，明月千山靜，長江六月寒，秋風起蘋末。俟我在長干。

柴關嶺雪一首　　曾國藩

我行度柴關，山光驚我馬，密雪方未闌，飛花浩如瀉，萬里堆水銀，乾坤一大冶，走獸交橫奔，凍禽竄荒野，揮手舞巖巔，吾生此瀟洒，忽憶少年時，牽狗從獵者，射虎層冰中，窮追絕壁下，幾歲馳虛名，業多用逾寡，久逸筋力頹，回頭淚盈把。

龍游軍次一首　　左宗棠

萬山秋氣迫重陽，破屋頹垣作戰場，塵劫難銷三戶恨，高歌聊發少年狂，五更殘角聲催曉，一夜西風鬢欲霜，笑指黃花吾負汝，半杯濁酒不還鄉。

季高以功名顯，而詩能超邁如此，與李鴻章之「萬篙煙雨樓船靜。六代江山畫角愁。」劉銘傳之「早春歸雁緩，斜月到門遲。」皆可誦也。

六、同光時詩道振起

同光時代，文網較疎，士感世變，於是詩風趨變。當時詩人，多宗山谷后山，謂由西江而上溯杜韓。流風所趨，從者千百。句求新，意求奧，格調求排奡，境界求清新，原其動機，蓋欲掃陳腐庸俗而歸於高古勁奇。用意未可厚非，然山谷詩子瞻曾評之。謂如食蛤蜊，多食發風動氣。宋詩中雖蘇黃並稱，黃且謂蘇不解詩法。然黃開江西詩派，無已繼之，更形瘦勁，確亦易使後學走入魔境。故當時如李蒪客即斥之為「西江下流」。「一語不成」。僅「震矜以張門庭，依附以竊聲價」。李夙好罵人。語似過刻。但江西詩派，較少醇郁，乃是事實。

蒪客雖好譏人。惟評清詩頗有理。謂「國朝（清）實尠作者，漁洋七絕，直掩唐人，此體之餘，僅為宋役。愚山（施閏章）五律，迦陵（陳其年）歌行，皆足名家，亦專一技。三君而外，則推竹垞初白太鴻耳。然竹垞（朱彝尊）瑜不掩瑕，初白（查愼行）雅不勝俗。太鴻（厲鶚）頗多雋語，苦乏名篇。餘子紛紛，概無足數」。其視康熙時代之作者，僅舉六人，且指其未為盡善。宜其蔑視乾隆時之沈歸愚袁子才為「惡劣下魔」，對同光時之西江派詩人，亦嗤爲「末流」矣。

平心論之，清詩至同光時，風格實大振起。其一掃痿靡，歸於健勁，確遠非過去所能及。此蓋因士大夫究心世事，漸知中國並非世界，夷人亦有文教，而時代知識，政治作風，相較之下，感覺遠不如人，於是同文舘與，不頑固者多講究西學。境界既寬，構想亦廣。同光點將錄中詩人一百零八人。其中有頑固派，有清流派，有改良派，有維新派，可謂思想各殊。百花齊放。而其中不少人之新詞名句，已軼出往昔之範疇，如黃公度、康有爲、譚嗣同、易順鼎等，尤能運用新思想入詩。風氣所趨，即守繩墨家法，如陳夔龍、樊增祥、陳三立、陳衍等，用字造句，亦已不如昔人之拘束矣。

同光諸老中，陳三立完全法乳西江，堪稱祭酒。夏敬觀、趙煦、黃晦聞等，亦淵源有自。陳衍（石遺）爲閩派鉅子，但與陳寶琛、鄭孝胥風格逈異。樊增祥（樊山）與易順鼎則又各有其長，非贛非閩，樊艷郁綿密而易精麗崛兀，才皆淹博，堪稱雙璧。而袁昶與樊易皆爲張之洞抱氷堂之高弟，其詩雋新，可繼朱厲之浙派。林紓爲閩人，其詩秀逸，與浙爲近。至若黃遵憲、康有爲，元氣淋漓，浩瀚警拔，實應另開一粤派。

王闓運在道咸時，已以詩文名，其人老壽，至清亡尚存。詩格甚高，五古力追魏晉，辭賦歌謠，穠艷樸茂，上追楚騷，宜其傲視同光詩壇，少所許可。且開湘派之先。（或謂湘派源於曾國藩、何紹基，不知曾何之詩皆效法杜陵。王詩雖亦尊盛唐，而間以風騷，與曾何之作風大異，湘人後此如譚嗣同齊璜等，效法王者多，效法曾何者少。故以言同光以後之湘派，湘綺實居首領。）至石遺謂王作置諸漢魏盛唐名作中，幾莫能辨楮葉，可不必爲湘綺之詩，此一責善，亦極有理，蓋其失同於明之李夢陽，惟夢陽刻意効杜，範圍太狹，湘綺則效古模擬各人，百變千態，殆東坡所謂老狐禪也。

抑清季國內多亂，民生憔悴，抒寫世變亂離者，有鄭珍、金和諸人，此則變徵之聲，又當別論矣。

玆錄同光時人詩若干首如次，以覘其變：

遊崇效寺題青松杏圖六首之二　李慈銘

清遊重憶十年前，破寺楸花四月天，今日重修木蘭院，僧貧猶乞畫叉錢。

巾拂難招雪塢師，朱王風調更誰知，曇花聖壽俱塵刼，祇有斜陽似昔時。

泰山下一首　范當世

生長海門狎江水，腹中泰岱亦峥嶸，空餘攬轡雄心在，復此當前黛色横，蜓蜿癡龍懷寶睡，蹣跚病馬踏砂行，嗟余卽遊天高處，閶闔雲雷儻未驚。

陳散原謂伯子爲「淸朝三百年來第一詩筆」，蓋喜其縱横無敵也。

都門七夕一首　樊增祥

可是神仙王子喬，夜遊燕市紫騮驕，天邊玉女年年淚，地上銀河處處橋，夫婦有情如此水。古今無價可憐宵，上京歌舞人如海，勝看錢塘八月潮。

崇效寺懷李慈銘一首　　前人

春遊白紙古時坊，師友凋零極可傷，花事依然人事改，同光唯賸舊斜陽。

樊山詩有瑰麗精嚴之稱。惟瑰麗有餘，精嚴則不及散原。

發祁門一首　　王闓運

嵐樹晚蒼蒼，千家閉夕陽。雲低一水白，山占半城荒，負米看貧婦，歸樵趁野航，亂離溷節制，稍喜見秋糧。

桐岡一首　　鄭珍

明月上岡頭，綠墜一湖影。來往不逢人，露下衣裳冷。

卞塘一首　　馮煦

西津烟水正微茫，萬疊遙山晚更蒼，清角無聲寒雁盡，江樓一夜月如霜。

夜坐一首　　陳書

強半春光去草堂，撩人猶有橘花香，風簾燈火觀書夜，十萬蛙聲作雨涼。

潼關一首　　譚嗣同

終古雲高簇此城，秋風吹散馬蹄聲，河流大野猶嫌束，山入潼關不解平。

瀏陽詩有豪氣，惜因維新政變而死。充其所至，岑高儔也。

簃西晴望一首　袁昶

江上楓林秋未殷，秋深風物已蕭閑，試開北戶支頤望，稍見龍眠一角山。

晚泊一首　梁鼎芬

疏林春月淨，遠水暮鴉遲，小泊當松下，初愁及酒時，江湖非昔日，魚鳥與新知，夜半聽湖響，舟人已解維。

過育王嶺一首　敬安

日暮煙鐘鳴，歸路西風緊，夕陽在寒山，馬蹄踏人影。

人日一首　張之洞

人日殘梅作雪飄，出城携酒碧溪遙，無端杜老同心事，四海風塵萬里橋。

過江南一首　袁思韡

鐵鎖沉江事可哀，夕陽紅到舊樓臺，鶯花銷盡無人迹，唯有春潮自去來。

落葉一首　金和

夜夜空階落葉橫，因風隨處答蟲鳴，紙窗如墨每疑雨，華髮成絲是此聲，蘭芷江邊遷客淚。蘼蕪山下故人情，飄零自分無歸日，略向歧路訴不平。

金和詩似仲則，惜其結句皆弱。

送范當世葬一首　陳三立

重來城郭更尋誰，海氣荒荒接所悲，原棺一路寒雨外，衣冠數郡仰天時，斯文將喪吾滋懼，微命相依世豈知，惟恃千年華表鶴。河山滿目識殘碑。

報范當世中秋玩月詩一首　前人

吾生恨晚生千歲，不與蘇黃數子遊，得有斯人能復古，公然高詠氣橫秋，深杯猶惜長談地，大月難窺澈骨憂。曠望心期對江水，爲君灑淚憶南樓。

別臺詠懷八首之一　易順鼎

使越何曾計槖資，遠游心事楚騷知，麒麟鳳鳥爲先戒，翡翠鯨魚入小詩，送別五千人檇李，壓裝三百顆離支，白雲黃竹瑤池路，穆滿重來定幾時。

實甫詩瑰奇，其屬對尤精麗無匹。如「關山仍與客燕左。星月似隨余馬東。」他人殊不易爲。

寄王鵬運一首　康有爲

修羅龍戰幾何時，王母重開善見池，金翅食龍四海水，女床栖鳳萬年枝，餤摩歡樂非非想，博望幽憂故故疑，大醉鈞天無一語，王郎拔劍我興悲。

康詩怪倔如其人，好用梵典以炫奇，乃其失也。

山居一首　陳寶琛

數竿竹外無多地，半屬梅花半屬蘭，留客便盤圓石坐，借書慣就綠陰攤，空階馴雀尋常下，小沼潛魚自在寬，有酒不應成獨飲，墻頭還泥好烟巒。

滄趣樓詩於蘇陸爲近。

立秋秦淮一首和易實甫　黃公度

九州莽莽怱怱走，兩鬢蕭蕭漸漸枯，欲訪蓬萊難附鶴，暫攀楊柳可藏烏，筆留白石飛仙語，袖有青溪小妹圖，猶是人間乾淨土。莫將樂國當窮途。

人境廬詩有近代詩壇革命鉅子之稱，因其能不拘一格，且善用新語入詩。

渡江一首　屠敬山

早潮未上東方白，風定春江水一碧，夢中柔櫓兩三聲，推蓬已在江之北，故園三月花正酣，鬧春冠蓋屯游驂，鷓鴣啼遍渡頭樹，問予何事離江南。

蘇常詩派，與浙派類似。不同者，爲溫婉麗雅過於浙，風骨峭逸則不如，此其別也。

西湖四首之一　沈曾植

來趁西湖五月涼，憑欄盡日見湖光。聖因寺古佛無語。一杵殘鐘搖夕陽。

七、淸人斷句多佳

有人謂長於帖括及駢體四六者，往往不能作好詩，但能有好句。試讀淸人詩，甚多絕妙名句，惜通首往往不稱，原因或在於此。玆錄履園漁洋等所摘斷句中之尤佳者如次：

煙波雙鬢老，風雨一身秋。翁朗夫
櫓聲搖夜月，帆影落晴波。范履淵
晴流鳴斷壑，山影臥空田。童二樹
伴佛燈雙穗，窺人月半環。儲玉琴
水清漁入定，山古樹無花。趙味辛
夜雨洗村徑，曉風開稻花。沈奕風
病因看月減，情到惜花深。夏瀨江
疏鐘荒寺在，淡月空牀得。陳伯璣
酒醒亭午後，人憶秣陵西。李　敬
階前雙樹老，戶外一峯閒。吳　雯
靈泉百道飛涼雨，古磴千盤入亂雲。林遠峯
南樓楚雨三更遠，春水吳江一夜生。張養重
春田牛背鳩爭落，野店墻頭花亂開。魯星村
春風久負青山約，舊雨難尋白鷺盟。凌香坪
窺客挑燈來黠鼠，移秋入戶有寒蛩。林漢閣
三經春歸花似雪，一齋人靜日如年。汪可堂

缺月依橋斷，孤雲背郭流。劉企山
紅憐花別樣，綠愛柳當初。俞楚江
峽雨無朝暮，春風有別離。黃維饒
斷崖殘雪補，清磬夕陽留。吳師石
風梳平野樹，雲擁一樓山。秦大樽
江連三楚白，山接九華青。繆牧人
夜從花影轉，秋帶樹聲聽。龔素山
大江流漢水，孤艇接殘春。費　密
白頭增舊感，黃葉落新愁。何秋山
花憐昨夜雨，茶憶故山泉。顧啓姬
月與梧桐尋舊約，秋將蟋蟀作先聲。郭頻伽
谿水碧於前渡日，桃花紅似去年時。崔　華
一水漲喧人語外，萬山青到馬蹄前。朱子穎
青溪渡口餘三戶，黃葉聲中有六朝。莊印三
人間萬事成秋草，我輩前生是落花。黃膽山
三秋月色臨邊早，萬馬風聲出塞多。曹楝亭

愛客嘗儲千日酒，讀書曾破萬黃金。顧嗣立　布穀烏鳴過麥後。採桑人去在花前。徐東癡
野水無橋牽馬渡，曉星如月照人行。鄭　梁

如上各斷句，皆詩中有畫，藉知清人好句，的確不少。惟好句可以偶得，名家有時且往往為佳句所苦。賈島推敲不定，「獨行潭底影，數息樹邊身」二語，苦吟歷久，方續成一律。陸游集中，更多一二聯奇佳，而通首則有數句係配搭者，如此湊拼成詩雖亦詩人一樂，但欲求錙銖悉稱者甚寡。因此，斷句好者，不妨任其斷句，不必強成一章，清人詩話中，往往選錄斷句，或小詩，不遺吉光片羽，洵為一大功德。

八、贅　語

試評清詩，作如上云云，殊感責善過當。惟私見覺清人詩篇始終未能創造新格，逾越唐宋，原因不僅一端，玆略述其概：

一、清人好倚傍古人之名句：如邱學敏之「山連齊魯青難了，樹入淮徐綠漸多」。吳尊萊之「暮雲抱郭霾紅樹，寒雨連江凍白鷗」。時多以為名句，然「齊魯青未了」，寒雨連江夜入吳」，皆係昔人之句，套將過來，配上對句，就據為己有，不管借用得如何巧，總有抄搭之痕，此一弊病，清人犯者甚多，習焉不察，且視為無所謂，此為一失。（如汪畹常規模舊句而以己意參之。蓮坡詩話中曾舉出多句。）

二、詞雖爲詩餘，然詞之句法與詩不同。如「無可奈何花落去，似曾相識燕歸來」。入詞中乃是絕妙好辭。若入詩中就不過是晚唐派的對句而已！故以詩入詞，不中律度，必爲倚聲家所笑，才如東坡，山谷且有「小令絕倒」之言。李易安譏「露華倒影柳三變，桂子飄香張九成」。正亦此意。反諸，以詞句入詩，亦非名家大家所應有。而清之詩人，頗多以詞句入詩。如夏瀰江之「病因看月減，情到惜花深」。王漁洋之「玉顏空寂寞，山翠日氤氳」。多犯此弊，此二失也。

三、清人好附和而少獨立精神：唐人旗亭賭唱，所歌出之佳什僅四首，而風格皆不相同。清代人文薈萃之區，一爲京華，二爲歷下，三爲大梁，四爲揚州，五爲江南，六爲江左，七爲閩中，八爲嶺南，九爲湖湘，十爲西川，十一爲關中。此外如東北、滇黔各地，亦復不乏才士。無如各區所作之詩，風格大致相似。甚且彼此摹擬倡和。力求形似。明人模仿古人，後人譏其拙。清人摹仿時流，後人自可譏其庸。而如漁洋興則羣工神韵，隨園興則羣趨性靈。散原興則羣尚氣骨。相率效顰，無乃太癡。惟吳派守吳，閩派守閩，嶺南派守嶺南，比較尚分境界，然韻味格調，類皆混同。同則寡味，此爲三失。

四、清詩格至同光時而高，然亦至同光時而狹。其失爲或穠郁奪目，或瘦勁刺骨；或詭詠絕倫，或矯逸無匹。合衆人而言之，爲百花競放。就一家而言之，則僅得一體。故樊山奇賽金花之彩雲曲，較諸吳梅村之圓圓曲，艷腴過之而格不如。易實甫之律句，較諸陳臥子更工更奇，無不驚服，然按之則爲用典，掉書袋。太多則不復成詩。至於學少陵之拙，效涪翁之硬，才大者尙能補救，才弱者卽破綻百出。而謂吾有宗法，抑亦欺人之談矣。

五、清代寒儒布衣，必有許多好詩，乃因無刻版印行之力，遂多隱沒不彰。而有權位或擁貲者，則又好印行詩集，附庸風雅。竹垞詩：「近來文人愛標榜。不慮旁觀嘲笑工。」又云：「近來論詩專序爵，不及歸田七品官。」惡詩既多，相習成風，好詩反爾湮沒。類如陽春白雪，曲高寡和。下里巴人，和者盈市。風格趨卑，端由於此。

六、清詩如漁洋講神韻，定遠講聲調，歸愚講格調，隨園講性靈，覃溪講肌理，散原講風骨，皆不可厚非。然創始者才華學力足以赴之，故佳。學步者才華學力不足以副之，則弊。試觀唐時李杜稱大家，當時有人學李杜否?王劉岑高元白溫李皆橫絕一時，中晚唐各詩家有一人摹仿此數人否?風格造句，有時可能偶似，而各人有各人作風。不雷同，不倚附，此所以唐之名詩人多，清之名詩人少。非少也，雖多而皆可歸類也。

中華語文叢書

五朝詩評

作　　者／高越天　撰
主　　編／劉郁君
美術編輯／鍾　玟

出 版 者／中華書局
發 行 人／張敏君
行銷經理／王新君
地　　址／11494 台北市內湖區舊宗路二段181巷8號5樓
客服專線／02-8797-8396　　　傳　　真／02-8797-8909
網　　址／www.chunghwabook.com.tw
匯款帳號／兆豐國際商業銀行　東內湖分行
　　　　　067-09-036932　中華書局股份有限公司

法律顧問／安侯法律事務所
印刷公司／維中科技有限公司　海瑞印刷品有限公司
出版日期／2017年9月再版
版本備註／據1972年3月初版復刻重製
定　　價／NTD 350

國家圖書館出版品預行編目（CIP）資料

五朝詩評 / 高越天撰. -- 再版. -- 臺北市 :
中華書局, 2017.09
面 ; 公分. -- (中華語文叢書)
ISBN 978-986-95252-2-0(平裝)

1.中國詩 2.詩評

821.88　　　106013179

NO.H2056
ISBN 978-986-95252-2-0（平裝）